Pascale Nozerac

Juliette et Salma

Edilivre

Cet ouvrage a été composé par Edilivre

Immeuble Le Cargo, 157 boulevard Mac Donald – 75019 Paris
Tél. : 01 41 62 14 40 – Fax : 01 41 62 14 50
Mail : client@edilivre.com
www.edilivre.com

Imprimé en France
Texte intégral

Dépôt légal.

ISBN papier : 978-2-414-54587-2

Juliette

« Tu m'as donné bien du mal pour te refaire une beauté ». Juliette suce la goutte de sang qui perle à son doigt. Le rosier est prêt pour accueillir ses fleurs qui embaumeront le minuscule balcon. Sur sa liste du dimanche matin, elle raye la première tâche accomplie. Juliette est méthodique, les rituels la rassurent comme les objets de bric et de broc lovés dans son petit logement parisien.

Elle se sent bien dans cette impasse tranquille occupée en majorité « de petits vieux ». Elle vit dans une seule pièce mais est fière d'avoir aussi tout le confort, c'est-à-dire un cagibi qui lui sert de salle de bain et de petit coin.

Appuyée sur le garde-corps, la jeune femme aperçoit les toits luisant de pluie, fleuris d'antennes agitées par les premières giboulées. Au loin, dominant le dédale d'ardoises, la grosse croix immobile de l'église veille sur l'ordre du monde. Juliette aime ce monument dont elle ne connait que la tête aux toits joufflus faute d'avoir franchi les limites de son quartier. Dans le Monopoly de sa vie elle n'emprunte que deux rues : celle qui mène au marché et l'autre à son bureau.

Demain, à l'agence immobilière, elle offrira des pâtisseries et du jus de pomme pour fêter ses quinze ans d'ancienneté. Faire des madeleines au citron fait partie aussi de la liste du jour. Juliette sourit au souvenir de la petite provinciale impressionnée par les bruits et l'agitation des rues. La transition avait été difficile même si c'est elle qui avait choisi à dix-huit ans de postuler dans une agence immobilière pour un remplacement.

Au travail elle s'occupe du classement, du tri des annonces et de la rédaction du courrier dicté par son patron. Ah ! Le tri des fiches en fin de journée, allègrement mélangées, chiffonnées, parfois piétinées que ses collègues ne prennent pas soin de ranger. Elle est friande de ce moment, bénissant leur négligence. Plus c'est le désordre, plus Juliette est heureuse. Et puis elle a la chance d'être un peu isolée. Contrairement à ses collègues qui travaillent dans l'immense pièce-vitrine donnant sur la rue, Juliette occupe un minuscule bureau situé à l'arrière au fond de l'agence. Sa porte toujours ouverte lui permet d'entendre ses collègues et les clients qui défilent mais elle ne peut les voir. Bizarrement son bureau est placé dos à la porte, éclairé seulement par un œil de bœuf ou plutôt de veau comme elle se dit souvent, vu la grandeur.

Salma

Un an déjà que Salma vit dans ce centre d'accueil avec des courriers boomerang qui partent et qui reviennent, expliqués par des travailleurs sociaux qui partent et qui ne reviennent pas, eux même laminés par la grosse machine administrative qui leur demande d'être les porteurs de mauvaises nouvelles. Aujourd'hui c'est une très jeune femme fraichement sortie de l'école qui s'adresse à Salma.

— Madame Serty, ce courrier vous informe du rejet de votre demande d'asile.

C'est bien ce que Salma avait cru comprendre en déchiffrant la lettre reçue ce matin.

— Madame Serty, je peux vous aider à formuler une demande auprès de la commission d'appel, en vous mettant en lien avec un avocat. Mais il faut que vous apportiez des éléments plus précis, voir nouveaux pour obtenir…

Salma n'écoute plus, masquée derrière ses longs cheveux noirs elle baisse la tête, découragée d'avance par ce nouveau délai qui l'éloigne un peu plus de la ligne d'arrivée. Toujours un papier réclamé, toujours une condition qu'elle ne remplit pas. Son sac plastique qui la suit partout s'alourdit une fois de plus d'un courrier vide de promesses.

— Madame Serty, vous avez compris ? articule l'assistante sociale qui confond surdité et mauvaise maitrise du français.

Salma lève la tête, surprise du ton un peu agressif de la jeune femme. Mais qu'elle arrête de marteler mon nom ! Qu'elle cesse de clouer dans mon crâne la certitude qu'il n'y a pas erreur sur la personne, que c'est bien moi Salma Serty qui vient de recevoir cette mauvaise nouvelle.

Salma remercie, dit qu'elle se débrouillera pour la demande d'appel et court rejoindre la navette qui conduit comme chaque mardi et jeudi les résidents au centre socioculturel. Dans le bus, le regard vague sur les terrains en friche qui attristent un peu plus les tours du foyer, Salma écoute distraitement Gloria sa voisine de chambre qui s'inquiète des fréquentations de sa fille de 14 ans.

A l'arrivée, le bus déverse les résidents qui s'éparpillent entre les cours de français, les permanences administratives et caritatives. Ici on distribue de l'aide, on trompe l'ennui, en attendant une vie meilleure.

Salma aime ce cours de français, surtout celui du mardi où l'on ne fait pas qu'apprendre à déchiffrer des papiers administratifs. Thomas, un étudiant passionné de littérature leur lit des extraits choisis selon ses coups de cœur. Progressivement les oreilles de Salma apprivoisent les sons, sa bouche forme de nouveaux mots. Le décryptage de petits textes devient lecture plus fluide et Salma retrouve le plaisir de plonger dans d'autres univers moins moroses que le sien.

Sur un mur est écrit « Le défrichage des mots devient un grand champ de culture ». Maintenant, elle comprend le sens de cette phrase.

A chaque fin de séance, Thomas toujours avec un grand sourire les encourage à assister aux manifestations culturelles et gratuites. (Concerts, films, expositions…). Sa formule magique est « faites-vous plaisir, c'est votre droit ». Au début Salma n'osait pas, peur de se perdre, d'être contrôlée. Puis Léna, jeune étudiante russe assidue aux cours de français, lui a proposé d'aller à une exposition de peinture en ville. L'invitation comique de Léna l'a convaincue. La jeune femme aussi blonde que Salma est brune s'est plantée devant elle, lui a tendu le carton qui parlait de l'exposition puis a tourné sur elle-même, la main en visière pour signifier qu'elle était seule pour s'y rendre.

Depuis une complicité est née. Les deux jeunes femmes se voient en cours et aux sorties mais jamais ailleurs. Leurs fous rires communicatifs ont appris à Salma à profiter du moment présent, à quitter l'ennui.

— Ça ne va pas aujourd'hui, constate Léna qui fait la moue pour imiter Salma.

— Oh tu sais, toujours la même chose, les papiers. Salma soupire.

— Allez viens, je t'offre un thé chez moi après le cours. Léna passe son bras autour des épaules de Salma.

— T'es sûre que ça ne va pas déranger ton…

Salma sait que la jeune Léna vit avec un français, un vieux, mais elle n'en sait pas plus.

— Non, je suis seule pour une semaine. Léna imite avec ses bras le vol d'un oiseau pour signifier qu'elle est libre comme l'air.

Juliette

— Ouvrez moi, je vous en supplie, ouvrez, je suis en danger.

Juliette se réveille en nage, une partie d'elle-même encore engluée dans son cauchemar marécageux.

Ras le bol de ce maudit rêve ! Il revient comme un train électrique à raison d'un passage tous les six mois depuis son adolescence. Elle regarde sa pendule, il est cinq heures ! Mais on frappe réellement à sa porte. Qui est ce ? Ça n'arrive jamais. Décidément la journée démarre aussi mal que la vieille pétrolette de sa grand-mère. Elle se drape d'un grand gilet un peu mité, c'est son doudou pour affronter les moments difficiles. Juliette colle l'oreille à sa porte.

— Mademoiselle Juliette, réveillez-vous, mon mari est tombé.

Juliette reconnait la voix de la concierge et entrouvre la porte. Madame Carreau toujours très coquette, apparait les cheveux ébouriffés, le teint pâle contrasté par de grands cernes. Elle la sent au bord des larmes.

— Il faudrait peut-être appeler les secours, conseille Juliette un peu déroutée de voir la concierge dans cette posture inhabituelle.

— Non il veut pas, il a peur d'aller à l'hôpital, il m'a dit de vous chercher.

— Mais je sais pas si je vais pouvoir le soulever.

— Venez, à nous deux on devrait y arriver, supplie la concierge.

Juliette connait ce vieux couple depuis son arrivée dans l'immeuble. Ils échangent souvent quelques mots sans entretenir de vraies relations. Elle apprécie la femme, Huguette Carreau, une grande lectrice comme elle, un brin poète. Elle aussi parle aux objets mais ne s'en cache pas. Elle a surnommé chaque boite aux lettres suivant son aspect ou la quantité de courrier qui arrive : la goulue, la brocante, la silencieuse…

— Ah c'est pas trop tôt Huguette, j'ai le cul comme un glaçon ! Le concierge est sur le sol de la cuisine, adossé au réfrigérateur.

— Gilbert ! un peu de correction, Mademoiselle Juliette n'est pas venue pour t'entendre râler.

Le mari de la concierge a la tête de Gabin mais en moins stylée, c'est son pyjama qui lui fait penser à l'acteur, rayé, trop grand avec une poche sur le cœur.

— Mademoiselle Juliette, aidez-moi ! supplie la concierge.

— A condition de m'appeler Juliette,

— Ben oui tu sais bien que c'est la seule de l'immeuble qu'est pas bégueule, c'est pour ça que j' t'ai dit d'aller la cueillir, bougonne le concierge.

— Gilbert c'est comme ça qu'on cause ! Madame Carreau lance à son mari un regard furieux.

— Oui « maman » c'est pas toi qui va changer les rayures de ton vieux zèbre.

— Bon, je vois que vous n'allez pas trop mal, intervient Juliette, il est cinq heures, j'aime les bons dialogues mais là il est un peu trop tôt. On y va Madame Carreau ? dit Juliette tout en glissant son bras sous celui du concierge.

En moins de deux secondes les deux femmes parviennent à asseoir le concierge sur une chaise.

— C'est son diabète, il fait n'importe quoi, un p'tit verre par ci un autre au café, se plaint la concierge en réajustant sa robe de chambre.

— Bon tu vas emmerder longtemps Juliette avec notre linge sale, j'pense qu'elle a déjà assez de sa lessive à faire. Merci pour le coup de main et si vous avez besoin d'un p'tit bricolage, pas de souci, Gilbert Carreau est là ! Et d'une main, il lui fait un petit signe d'au revoir associé à un sourire pétillant de malice.

Juliette rassurée sur l'état de Monsieur Carreau, s'éclipse après les remerciements embarrassés de la concierge.

Salma

Le thé brulant desserre le nœud qui entrave la gorge de Salma, alourdit ses paupières qui sont de moins en moins les gardiennes d'un sommeil paisible.

— Je peux t'aider Léna ? demande t'elle mollement calée au dossier de la confortable banquette en velours.

— Non merci, je prépare quelques petites choses à grignoter. L'accent russe de Léna s'échappe de la cuisine et résonne délicieusement à ses oreilles.

— Voilà de bonnes pâtisseries de mon pays qui vont te redonner le sourire, dit la jeune fille en déposant un plateau sur la table basse. Tu as des petits gâteaux au miel et aux amandes, d'autres aux pommes et ceux-là aux graines de vanille.

— Ah merci, ça fait chaud au cœur ta gentillesse… et tes gâteaux. Salma regarde avec tendresse Léna qui verse gracieusement le thé. Je peux te poser une question ? Comment tu fais pour avoir l'air toujours de bonne humeur ?

— Ma mère est là. Léna pose une main sur son cœur. Même quand on n'avait pas grand-chose à manger elle chantait et transformait un repas en moment de jeu.

— Pourtant moi aussi j'ai eu une mère formidable. Mais je crois que j'ai perdu tout espoir de pouvoir un jour avoir une vie normale… un mari… des enfants. Salma soupire, ses épaules s'affaissent plombées par le poids de son avenir qui s'alourdit de jour en jour.

— Ne dis pas ça, tous les sacrifices que nous faisons aujourd'hui nous permettront d'être heureuses plus tard.

— C'est un sacrifice de vivre avec ton homme ?

Léna, la théière à la main suspend son geste. En réponse Salma fait un signe pour chasser sa question.

— Désolée, ça ne me regarde pas, s'excuse Salma.

— Non, non je veux bien en parler. Léna s'assoit face à Salma. C'est une sorte de sacrifice même s'il est gentil. Je ne l'aime pas mais c'est le seul moyen pour que je finisse mes études.

Salma se demande si elle pourrait coucher avec un homme pour avoir un toit. Son regard parcourt la pièce aménagée et décorée avec goût.

— Tu es choquée ? interroge Léna face au silence de Salma.

— Choquée, non, mais je me demandais si je pourrais être à ta place.

— Tu sais, ces choses-là se font comme ça, je n'ai pas réfléchi. Je croisais Antoine régulièrement au resto où je sers les weekends, il m'a proposée qu'on se voie un soir, j'étais seule, j'ai dit oui.

— Mais il sait que tu n'es pas amoureuse ? insiste Léna.

— Oui mais il s'en fout, il n'est toujours pas remis de sa séparation alors je lui tiens compagnie et moi ça me dépanne. Et toi, tu as quelqu'un ?

Salma n'a pas très envie de s'épancher sur ce sujet mais elle se sent obligée de répondre en écho à la sincérité de son amie.

— Non personne, j'étais très amoureuse d'un garçon dans mon pays mais il est mort. Salma marque un silence. Assassiné. Il était journaliste, comme moi. Salma s'étonne de pouvoir dire ces mots sans s'effondrer.

— C'est triste, je ne voulais pas te forcer à reparler de tout ça. Léna se lève et s'assoit à coté de Salma.

— Ça me fait du bien de parler de lui, l'amour qu'on a connu était beau. Salma s'interrompt, ressentant encore les caresses d'Ayoub, ses bras soyeux sur ses épaules et la chaleur de sa bouche dans son cou, juste sous l'oreille.

— Ça fait longtemps ? Léna hésite, qu'il est décédé ?

— Dix-huit mois, juste avant que je fuis mon pays.

— Et depuis, tu n'as jamais… enfin je veux dire… ?

— Si mais jamais avec des vrais sentiments. D'ailleurs, c'est toujours moi qui ne donne pas suite. Salma se resserre une tasse de thé pour faire une pause dans ses confidences qui lui pèsent.

Léna se lève, frappe dans ses mains et d'une voix joyeuse pour effacer la tristesse qu'elle lit dans les yeux de son amie, s'exclame.

— Allez, vivons le moment présent ! Profitons de cette soirée entre filles. Je te propose d'aller au ciné ce soir, c'est moi qui invite, tu dors ici et demain tu retournes dans ton foyer.

— Mais je ne sais pas si j'ai le droit ? Et puis je n'ai rien pris comme affaire !

— Je te prêterai ce qu'il faut !

Juliette

Dans son sac son portable a vibré. Il est rare qu'on l'appelle. Juliette verra cela plus tard. Aujourd'hui c'est vendredi, jour de congé, jour de marché, sa sortie préférée. Il faut dire que c'est la seule. Pour l'occasion elle soigne sa tenue, drapée du châle au crochet de sa grand-mère adorée surnommée par les bigotes « l'amante religieuse » pour avoir fricoté dans sa jeunesse avec le curé. Juliette sourit. Elle si différente, si sage, un wagon sur des rails, lourde du poids des conventions, des bonnes manières. Son seul voyage ressemble à celui de la toupie : une mobilité fixe. Elle est ce vieux jouet frileux de franchir un périmètre.

Le marché ! Fourmilière organisée, immobilité des personnes pressées, cris des camelots, fumets malodorants. Juliette arrive de son logement propret avec son panier d'osier lourd du vide de sa petite vie routinière. Sur ce lieu elle se prend pour une passagère débarquant d'un paquebot, sonnée par l'agitation qui l'entoure puis qui ose se fondre dans la foule. Elle devient ce flocon agglutiné aux autres qui unis forment une seule et belle marée noire. Elle n'est plus seule.

Encore ce maudit portable qui vibre ! Juliette fronce les sourcils, elle fouille dans son sac et s'aperçoit que sa mère a déjà appelé trois fois. Pas de message mais Juliette sait qu'il s'agit d'un évènement grave car leurs contacts restent rares.

— Allo Juliette

— Maman ???

— Oui, bonjour Juliette, excuse-moi de te déranger mais Mamie est morte cette nuit.

Juliette sert les mâchoires. Me déranger ! Le mot sonne comme une faute d'orthographe. Ma grand-mère si chère à mon cœur, comment ma mère peut-elle si mal s'exprimer !

— Mais que s'est-il passé ? Je l'ai eu encore hier au téléphone.

— Elle est morte dans son lit, arrêt cardiaque. Les mots de sa mère sont hachés comme dans un télégramme.

Juliette fait demi-tour remontant l'allée principale du marché pour retourner chez elle.

— Je prends le premier train, j'arrive.

— Tu sais il n'y a pas d'urgence, je m'occupe de tout, tu peux arriver que demain. La voix de sa mère s'est adoucie et contraste avec les appels tonitruants du poissonnier devant lequel Juliette ne fait que passer.

Juliette se contracte un peu plus, ressentant la douleur de ses doigts crispés sur son téléphone.

— Maman, comment peux-tu être aussi maladroite ? Tu sais la place qu'occupe… qu'occupait mamie dans mon cœur ?

— Oui plus que moi je sais. Le ton est redevenu cassant.

— Oh ce n’est vraiment pas le moment. Tu m’héberges ou dois-je aller à l’hôtel ?

— Juliette je t’en prie, tu sais bien que ce sera toujours ta maison. La voix cette fois se fait geignarde.

Juliette accélère le pas et se demande si ce n’est pas plutôt chez Mamie qu’elle s’est toujours sentie chez elle.

Salma

Salma longe la voie ferrée qui lui permet de regagner le centre d'accueil plus rapidement. Elle emprunte ce chemin interdit mais que tous les résidents suivent pour se rendre en ville. Cette transgression est comme une petite victoire sur les années d'oppression, sur les barrières qui imposent une voie unique menant parfois jusqu'à une fin tragique.

Léna est adorable mais après le thé Salma a préféré rentrer. Une soirée en tête à tête avec son amie l'aurait conduite à aller plus loin dans ses confidences. Elle n'avait pas envie de regarder en arrière même si l'avenir n'est pas plus engageant, trop estompé dans ses contours. Sa seule certitude est de vouloir rester en France, rester libre, pouvoir avancer là où elle l'a décidé.

Mais ce matin, le refus de sa demande d'asile a été un coup d'arrêt brutal dans sa soif de liberté comme pour la retenir un peu plus longtemps dans la routine abrutissante du foyer. Dormir, manger, regarder la télé. Ses premières échappées vers les cours de Thomas et les sorties avec Léna lui avaient laissé croire à un début d'autonomie. Mais le rappel brutal d'un ordre supérieur était tombé comme une sentence : elle n'avait pas fait ses preuves auprès du juge et restait donc en semi-liberté.

Elle sait qu'elle exagère, que le centre d'accueil n'est pas une prison, que ce lieu lui a offert dans un premier temps un havre de paix, de repos et de repas cuisinés enfin par ses soins. Finies les nuits d'hôtel sans lendemain, et celles passées dehors faute de place, dormir enfin en sécurité. Au centre, le lendemain est redevenu le jour et plus l'obsession de la nuit d'après. Pouvoir se projeter sur quelques mois est un luxe, même si le verdict l'attendait au bout.

Salma pousse la lourde porte de son bâtiment. La tristesse des lieux lui fait presque regretter l'invitation de Léna. Finalement une sortie au cinéma lui aurait changé les idées. Elle a le sentiment d'entrer dans une cage sans barreau. Bien sûr des personnes sont là pour l'aider, la protéger, la guider mais ce qui l'avait soulagée au départ est devenu oppressant, un contrôle mais sans arrestation. Elle n'est jamais seule à décider vraiment, tout est défini à l'avance, son accord n'est plus qu'une formalité. Salma se sent redevenue une enfant. Elle va appeler son grand frère Salim qui vit en Norvège, lui dire qu'elle n'en peut plus d'attendre, qu'elle veut quitter le foyer.

Dans la chambre, ses voisines de lit sont sorties, sûrement pour regarder la télévision dans la grande pièce commune. Salma se cale contre son oreiller et sort de la table de nuit la photo de son frère. Elle aime le regarder quand elle lui parle au téléphone

— Salim, c'est moi

— Salma ! tu as une drôle de voix…

Salma a la gorge nouée.

— Tu pleures ? Qu'est ce qui se passe ? s'inquiète son frère.

— C'est non pour les papiers

Salim ne répond pas.

— T'as entendu ? Salma hausse la voix.

— Oui, je comprends pas. Ils te disent quoi exactement sur le refus ?

— C'est foutu de toute façon, même si je fais appel je n'ai rien à raconter de plus.

— Calme toi Salma, il faut réfléchir, prendre un avocat qui connait bien la situation politique de notre pays et les massacres sur notre communauté. Pour moi ça a marché, il n'y a pas de raison… dommage que…

— Non Salim, si je t'appelle ce n'est pas pour t'entendre une fois de plus me reprocher de ne pas t'avoir suivi en Norvège. On ne peut plus revenir en arrière.

— De toute façon tu dois faire appel, ça te laisse un peu de temps encore au foyer. La voix de Salim se veut apaisante.

Salma se redresse et donne un coup de poing rageur dans son oreiller. Elle ne veut pas de conseils, seulement lâcher son désespoir.

— Non, je veux partir, j'en peux plus, je ne dors plus, je n'écris plus, rien ne m'intéresse, je veux être seule, j'en ai MARRE des autres, tu te rends compte, je finis par ne plus rien supporter, parfois j'ai même l'impression que je deviens raciste.

— Arrête Salma, tu sais bien que tu n'es pas comme ça. C'est vrai que c'est dur de vivre tout le temps avec des gens qu'on ne connait pas. Dis-toi qu'eux aussi ils pensent des trucs sur toi. Calme-toi, ça va aller. Sa voix est douce mais n'apaise pas Salma.

— Non Salim, j'en peux plus d'attendre, de ne rien faire, je vais me trouver un boulot au noir, n'importe quoi mais du moment que je sois occupée.

— Et tu vivras où ? Le ton est devenu sec.

— Je connais quelqu'un qui pourra peut-être m'héberger au début. (Elle pense à Léna).

— Tu veux tout foutre en l'air ? Tu sais qu'il y en a pleins qui rêveraient d'avoir une place en CADA[1] ? s'énerve Salim.

— Et bien je leur offre la mienne. Salma a presque crié. Elle est debout et fait des allers retours dans la chambre.

— Salma, tu m'agaces quand tu parles comme une ado.

— Mais ce n'est pas un caprice. Elle tape du pied rageusement. Je préfère partir avant la réponse de l'appel, avoir déjà un boulot pour m'en sortir si jamais j'ai encore un refus.

Salim se tait, elle entend juste son souffle, il doit fumer. Le silence se prolonge. Elle s'allonge sur son lit.

— Salim, tu m'entends ?

— Oui… je réfléchis…

— Et alors ? Salma tourne une de ses longues boucles autour de son doigt pour patienter.

— Laisse-moi quelques jours, je vais appeler un compatriote, Rafi, tu sais je t'en ai déjà parlé. Maintenant, il est sur Paris, il connait pas mal de monde.

---

[1] Centre d'accueil des demandeurs d'asile

— Il était aussi journaliste ? Salma fronce les sourcils, essaie de se rappeler les personnes fréquentant son frère au pays.

— Non mais il me donnait un coup de main pour les tracts. Salim décrit sommairement cet homme, grand, avec une boucle d'oreille.

Salma se souvient vaguement peut-être de l'avoir croisé.

— Et il fait quoi comme travail à Paris ?

— Il tient une épicerie. Je vais le contacter demain mais promets-moi petite sœur, de ne rien faire avant que je l'appelle. Le ton est doux.

— Promis, merci d'être toujours là pour moi. Salma caresse la photo de son frère prise devant leur maison.

Juliette

Le quai de gare, Minois. Désormais venir dans le village de son enfance au nom si désuet ne sera plus jamais une joie. Les dernières visites chez sa grand-mère en cachette de sa mère avaient des airs d'expéditions mystérieuses, un chemin vers la machine à remonter le temps, retrouver les odeurs enveloppantes, les petits bruits de la maison cocon. Ce voyage sera désormais intérieur. Pourvu qu'elle n'oublie rien, que ses jolis trésors ne s'échappent pas avec le temps comme une toile qui perd ses couleurs.

Après une courte marche, longeant la rivière, la maison de sa grand-mère montre son toit à la sortie d'un virage. Sous l'appentis en tôle rouillée, la pétrolette est là dormante sur le mur de pierres sèches. Juliette sourit au souvenir qui s'invite.

« Mamie j'espère que tu ne t'en sers plus ! »

« Non mon pétit, seulement quand je dois aller voir ma vieille copine Léontine qui habite un peu loin pour mes vieilles jambes ».

« Mamie ! »

« Bon tu es venue pour me faire la morale ou pour déguster mes pommes dauphines ! »

Arrivée devant le porche, Juliette s'attendrit devant la grosse potiche agrémentée de minuscules pâquerettes soigneusement entretenues par sa grand-mère. Elle entre dans le jardin, son nid, sa cabane dans les branches, son cocon. Combien de fois s'était-elle sauvée de chez ses parents trop occupés à se déchirer pour trouver du réconfort chez sa grand-mère ? Une parole de sa mamie et Juliette fondait dans ses bras dodus.

La porte de la cuisine est ouverte. Elle aperçoit le dos de sa mère qui s'active devant l'évier. Elle lave des légumes, peut-être pour une soupe. Elle ne l'a pas entendue arriver. Juliette franchit le seuil, ôte son chapeau en feutre mou, de ses doigts caresse la douceur du tissu, observe la silhouette fine de sa mère puis pose machinalement son chapeau sur le porte-manteau comme à son habitude. Le froissement des vêtements déjà suspendus fait sursauter sa mère. Elle se retourne, essuie ses mains rougies sur le tablier bleu charron emprunté à mamie.

— Bonjour maman. La voix de Juliette est presqu'inaudible.

Les yeux de sa mère sont gonflés. Elle ressemble à Mamie et c'est la première fois que Juliette s'en aperçoit. Sa mère dans la maison de sa grand-mère, le choc de deux images qui ne parviennent pas à se superposer. Les deux femmes étaient en froid mais sans jamais expliquer à Juliette les origines de leur brouille. Malgré cela ni l'une ni l'autre ne se dénigraient mutuellement. Des conflits remontant à l'enfance ?

Juliette se souvient. Des paroles assassines restaient dans sa mémoire, lancées par sa mère lors d'un repas d'anniversaire, son anniversaire, ses sept ans. Son grand père était encore vivant. Sa mère avait craché « je n'ai pas à recevoir de leçons d'humanité, on a vu comme vous aviez du cœur à la fin de la guerre ». Le grand-père avait jeté son assiette de haricots et quitté la table.

A l'époque Juliette n'avait pas été choquée par le coup de gueule de sa mère qui permettait finalement d'exploser la tension constante. Une pensée l'avait traversée « Lui au moins il aura pas à manger les haricots ».

Juliette s'approche de sa mère pour l'embrasser, juste une bise, jamais d'effusions entre elles.

— Bonjour Juliette, répond sa mère, et d'un signe de tête lui montre la chambre située au bout de l'étroit couloir sombre qui effrayait Juliette petite.

— Elle est là ? Juliette ne parvient pas à dire « Mamie ».

— Oui dans sa chambre, la voisine la veille. Sa mère a l'air épuisé.

Juliette entre dans la pièce où repose la dépouille de sa grand-mère. Ce terme lui vient bizarrement quand elle l'aperçoit. Ce n'est pas Mamie cette femme si petite, inexpressive, sévère, « dépouillée » de tout ce qui la rendait si attachante. La voisine tassée sur une chaise dos à la fenêtre, esquisse à peine un mouvement. Son visage en contrejour est presque effrayant. Juliette rejette ce scenario macabre et préfère s'échapper dans le jardin. Elle ne veut pas garder cette image figée de sa mamie.

Salma

Hou la gueule de bois ! Quelle soirée avec Léna ! Pour s'être lâchées elles se sont lâchées ! Après le cours de français, Léna a proposé une nouvelle fois à Salma de sortir le soir, boire un verre en ville puis dormir chez elle. Vodkas, mojitos et autres boissons dont elle ne se souvient plus, elles ont fini dans un bar dancing où Salma se demande si elle a beaucoup dansé. Elle a surtout retenu leurs fous rires hystériques et débridés comme les ruades joyeuses et colériques d'un cheval sauvage retrouvant la liberté. Cet après-midi Salma part s'installer à Paris pour travailler chez l'épicier, Rafi un copain de son frère.

Salma sort du lit, s'aperçoit dans le miroir au-dessus de la commode. Quelle tête ! Ses longs cheveux forment un buisson inextricable encore sculpté par le gel. Ses yeux cernés de khôl ont un regard sensuel à la Pénélope Cruz. Son cou est tatoué d'une trace rouge qui laisse penser qu'une bouche l'a dégustée. Un vague souvenir d'avoir flirté avec un homme aux mains baladeuses et aux lèvres gourmandes lui revient, puis la vision de Léna qui la tire par la main pour partir.

— Allez, un thé pour commencer la journée va me réveiller.

Léna a mis un mot sur la table de la cuisine. « Je travaille jusqu'à 15h, attends-moi avant de partir. » La pendule indique midi. Elle a le temps de se prélasser. Une tasse dans une main, un délicieux gâteau aux amandes dans l'autre, Salma se promène dans le logement, et s'attarde à regarder par la fenêtre du salon les autres immeubles en miroir. Derrière les voilages pour ne pas être vue, elle a un sentiment étrange de plaisir et de gêne à se promener en tenue légère. Léna lui a prêté une nuisette trop courte et trop serrée pour son corps charpenté ce qui moule ses seins et ses hanches. Le tissu frotte sur ses mamelons. Ses cuisses libérées de l'épais caleçon qu'elle garde habituellement pour dormir, frémissent en frôlant la voilure des rideaux. Au foyer, elle a perdu l'habitude d'être seule, de dénuder son corps dans une pièce qui n'est pas la douche. Elle sent la bonne odeur du thé, en boit une gorgée. En face elle aperçoit des habitants, certains à leur fenêtre, d'autres occupés à des tâches ménagères. Un homme fume une cigarette, accoudé à la fenêtre tout en se penchant pour discuter avec un autre assis sur un balcon en contrebas. Il porte un maillot sans manche et sa main qui ne tient pas la cigarette se porte régulièrement derrière sa nuque. Le mouvement croisé de son bras gonfle et dégonfle ses muscles, tend et détend son vêtement sur son torse. Salma trouve cela très sensuel, surtout le geste de sa main qui caresse la nuque.

La caresse de la nuisette sur sa peau, le frottement du tissu sur ses seins et des voilages sur ses cuisses, éveillent un désir brutal. Son sexe la chatouille, s'humidifie, elle avale le reste de son gâteau et porte les doigts entre ses jambes. Un désir endormi jusqu'alors la fait gémir, elle a envie d'aller dans la chambre mais elle reste plantée derrière le rideau face à cet homme, s'imagine qu'il la regarde se donner du plaisir. Elle pose sa tasse pour pouvoir caresser ses seins pendant que l'autre main excite son clitoris gonflé d'envie. Au bord du malaise, elle court dans la chambre sur le lit pour accueillir la jouissance fulgurante qui la submerge.

Juliette

Journée brouillard, Mamie est désormais sous terre rangée à côté de son mari. Juliette n'a rien vu, pas de pleurs, trop de gens, un défilé de petits vieux qui savent que la prochaine cérémonie sera la leur.

Apres l'enterrement, petite collation chez sa mère, soupe et gâteaux moelleux, nourriture adaptée aux dents des cheveux blancs. « Drôles de pensées, se dit Juliette, c'est presque déplacé ». Une petite vieille toute ratatinée s'approche d'elle.

— Tu sais Juliette, quand ta grand-mère venait me voir, elle me parlait de toi, elle disait « tu te rends compte, elle est montée à Paris, elle a réussi ». Elle était très fière de toi. C'était quelqu'un de bien ta grand-mère, pourtant elle n'a pas toujours été heureuse. Sur ces paroles étranges, elle hoche la tête et ses pupilles fixent une image invisible pour Juliette.

— Comment ça ? Juliette pense que cette femme mélange des souvenirs.

— Oh tout ça c'est du passé. Quand tu reviendras, passe me voir, j'habite près de la fontaine. Demande Léontine, tout le monde me connait, je te montrerai des photos de ta grand-mère gamine, c'était ma copine d'enfance.

Sur ce, la petite vieille tourne les talons, bise deux trois personnes et sort en trottinant.

Le soir Juliette se retrouve en tête à tête avec sa mère, comme la veille de l'enterrement.

Hier, sa mère a beaucoup pleuré, peu parlé et s'est couchée tôt. Juliette était désarmée, elle qui tirait toujours sur sa mère à boulets rouges, avait envie de lui montrer un geste un peu affectueux, même une esquisse mais faute d'habitude elle était restée les bras ballants.

Ce soir Juliette a décidé de lui poser des questions et choisit le moment de la vaisselle, instant où les regards ne peuvent se croiser.

— Mamie n'a pas toujours été heureuse ? C'est sa copine Léontine qui m'a dit cela.

Sa mère suspend son geste, repose le bol dans la bassine, s'essuie les mains à son tablier et répond dans un filet de voix :

— Juliette, tu crois que ça changera quelque chose de fouiller dans le passé, ce qui est fait est fait. Laisse ta grand-mère reposer en paix.

— Rien ne changera, tout doit être lisse, les conflits oui, entre papa et toi, entre mamie et toi mais jamais d'explications. Juliette repose violemment une tasse qu'elle vient d'essuyer.

— Et mamie, elle t'expliquait davantage ? La phrase est lâchée presque rageusement par sa mère qui continue la vaisselle.

Juliette ne sait quoi répondre. Elle réalise qu'elle-même ne posait pas de questions. C'était comme ça, des rapports tendus. Enfant et plus tard adulte elle naviguait d'un écueil à l'autre, glissant sur toutes ces vagues de colère. Ses parents se disputaient, c'était comme ça. Sa mère et sa grand-mère ne se parlaient plus mais Juliette n'avait jamais tenté de les rapprocher. Elle avait choisi son camp, celui de Mamie, plus tendre, disponible surtout depuis son veuvage, depuis les huit ans de Juliette.

Salma

Un mois passé dans l'épicerie et un sentiment de mal être progressif qui l'enserre comme le boa étouffe sa proie. C'est LUI le malaise, ses questions incessantes. Où elle était, qui elle a rencontré ? Sa présence insidieuse au détour d'un rayon, Salma le pensait à la caisse ou en courses et il est là, enclume l'écrasant de toute sa masse. Aucun mot, aucun geste déplacé et pourtant elle se sent nue, impudique. Très vite, elle s'est aperçue que l'épicier fouillait sa chambre pendant ses absences. Salma en a parlé à sa collègue Irina qui partage son logement au-dessus du magasin. Celle-ci toujours positive a souri en disant « peut-être qu'il s'intéresse à toi, moi il me plairait bien. Avec un sourire malicieux elle a ajouté : il est beau et il a des sous ». Puis elle l'a interrogée avec des mots qui ont surpris Salma : « il t'a dit des cochonneries ? Il t'a touché tes seins ou ton cul ? » Irina maitrise mal le français ce qui rend parfois son langage assez direct. Salma l'a encouragée à prendre des cours. A chaque question Salma a secoué la tête « Non c'est pas ça… ». Et voyant qu'elle ne comprenait pas son malaise, Salma a menti en disant

« c'est moi qui me fais des idées… en fait j'ai peur des hommes. »

— Tu t'es déjà fait violée ?

Salma a pris cette question comme une gifle. Cette nuit, les larges mains de l'épicier rampaient lentement sous son pull pour lui arracher les seins. Elle ne bougeait pas, hypnotisée par son regard vissé dans le sien. Elle avait émergé de ce cauchemar, terrorisée.

Irina a hoché la tête interprétant le silence de Salma comme un aveu et a feuilleté de nouveau son magazine.

Salma se rappelle, première rencontre avec l'épicier, premier sentiment de malaise. Le rendez-vous avait eu lieu au centre d'accueil, dans sa chambre. C'est lui qui avait proposé ou plutôt décidé. A son arrivée au pied de l'immeuble, il l'avait appelée à l'interphone.

— Allo bonjour, c'est Rafi, quel étage ? Le ton était neutre.

— Cinquième

— OK j'arrive, et il avait raccroché.

Puis sur le palier en sortant de l'ascenseur, dans une poignée de mains énergique

— Salma j'imagine… bonjour, Rafi. Il y a beaucoup d'hommes ici, t'as pas peur de te faire emmerder ?

Les premières paroles l'avaient gênée, trop directes. Salma avait tenté de trouver un espace tranquille pour recevoir cet homme mais les personnes hébergées occupaient toutes les parties communes, passant du confinement des chambres à celui des salles. Elle avait alors proposé d'aller dans un café mais le regard de l'homme avait suffi pour signifier son désaccord. C'est ainsi qu'il lui avait demandé si sa chambre était libre[2].

Puis l'homme avait enchainé, « Un sacré type ton frère, et toujours militant, comme moi. On s'appelle régulièrement, je sais qu'il galère encore. Quand il m'a dit que sa petite sœur était dans la merde, je n'ai pas hésité pour l'épicerie. Ça marche plutôt bien mais je n'ai pas les moyens de déclarer deux employées, alors te prendre au black ça m'arrange et toi ça te dépanne. Tu pourras loger sur place ».

Etait-ce le ton volontaire de cet homme resté debout dans la chambre, les mains posées sur le dossier de la chaise face à elle assise sur le rebord du lit ou son propre état de stress de quitter le foyer qui l'avaient privée de toute réaction ? Ce n'était pas elle cette femme soumise, baissant les yeux et le remerciant de sa proposition.

Elle avait rappelé son frère en Norvège, après la visite. « Ecoute Salim, je le sens pas ce type ». Il lui avait posé les mêmes questions que sa colocataire, en moins cru « il t'a manqué de respect, il a dit des choses qui t'ont choquée ? »

Non, non, les réponses étaient toujours non et Salma avait honte d'oser remettre en cause la solution de son frère, la seule opportunité de ne pas se retrouver à la rue. Alors ?

— Salma, crois-moi c'est un type bien. Je comprends ce que tu ressens, tu es seule, loin de la famille, de moi c'est dur… Elle sentait que ses paroles s'appliquaient autant à lui qu'à elle. On est vivant Salma, c'est ça qui compte, il faut continuer à

[2] *Lieu partagé avec d'autres femmes seules ou avec enfants*

se battre, à s'en sortir, pas que pour nous mais aussi pour tous ceux qui sont restés là-bas. Quand tu auras tes papiers on se retrouvera.

Il avait toujours la foi, et elle, pleurait sur son sort cent fois moins pire que celui de ses compatriotes toujours sous le joug des dictateurs.

— Tu as raison Salim je vais continuer à me battre, pour papa, pour la famille, et pour tous ceux qui sont morts pour la liberté.

Juliette

Deux mois sont passés depuis le départ de Mamie. Juliette revoit sa mère pour la première fois depuis les obsèques. Elle parait amaigrie, le regard lourd de tristesse.

Maitre Gagne-pain, notaire vient de terminer la lecture du testament. Pas de surprises, sa mère hérite de la maison et Juliette d'une somme rondelette économisée par sa grand-mère durant toute sa vie. A la fin de la séance, un soupir de soulagement s'est échappé des lèvres de sa mère. Soulagée de quoi ? Craignait-elle un règlement de compte posthume, être déshéritée ? « Je raye notre filiation ma fille ! ».

Les deux femmes se lèvent, remercient le notaire qui soudain retient Juliette.

— Une minute Melle Sarment. Votre grand-mère vous a laissé une lettre. Son souhait était que vous la lisiez seule dans sa maison.

Juliette n'est pas surprise, elle ressent même un soulagement. Sa grand-mère n'avait pu la quitter comme cela si brutalement sans lui dire une dernière parole. Dehors l'air est frais, savoureux, une bonne odeur d'herbes sauvages. Elle se sent bizarrement heureuse.

— Tu déjeunes à la maison ? J'ai préparé une blanquette.

Juliette aimerait lire cette lettre maintenant mais accepte l'invitation. Elle ira dans la maison de sa grand-mère tout à l'heure avant de prendre son train.

— Maman, ta blanquette est toujours aussi bonne. Ça fait du bien, ça réchauffe.

Sa mère touche à peine au repas. Elle dessine des ronds dans la sauce avec un morceau piqué dans sa fourchette.

— Tu as maigri maman, tu es malade ?

— Non je n'ai pas très faim depuis le décès de Mamie.

— Oui je vois que cela t'a beaucoup affecté. Tu as des regrets ? A cause de votre brouille ? Juliette prend un ton compatissant.

— Non, on s'était réconcilié une semaine avant son décès. Les traits de sa mère sont crispés

Juliette surprise lâche ses couverts. Sa mère soupire, semble faire un effort pour poursuivre la conversation.

— Oui, elle m'avait appelée pour que je passe la voir. On a parlé tout un après-midi et on s'est rendu compte que chacune s'était trompée sur l'autre.

Un long silence suit où sa mère, les coudes pesamment appuyés sur la table, caresse de son index sa bouche scellée sur d'autres confidences que Juliette aimerait entendre. Soudain des larmes s'échappent des yeux cernés de sa mère, de grosses larmes qui coulent dans son assiette. Ses sanglots se transforment en hoquets, elle étouffe.

Juliette bondit de sa chaise, attrape sa mère avant qu'elle ne s'affaisse comme un chiffon, la calme avec des mots qui consoleraient un enfant mais qu'elle pense ne jamais avoir reçus.

— Là, doucement, pleure si ça te fait du bien, je suis là, ça va aller mieux.

Elle assoit sa mère sur le fauteuil près de la cheminée, lui couvre les jambes d'un plaid défraichi.

— Tu veux un thé ? Sa mère hoche la tête pour dire oui.

Juliette ouvre le placard au-dessus de l'évier, attrape la boite en fer qu'elle a toujours connue et jette une poignée de thé dans l'eau bouillante prise sur le poêle. Elle ne réfléchit pas, tous ses gestes sont naturels, Elle se cale contre le mur de la cheminée attendant que le thé infuse. Sa mère semble apaisée. Le silence les enveloppe sans être pesant.

Juliette se sent bien pour la première fois dans cette maison. Non, elle se souvient, pas pour la première fois. Quand elle était petite, très petite, lui revient le souvenir d'un moment agréable, celui de contempler les mains de sa mère pendant l'épluchure des pommes. Le jeu consistait à réussir la pelure la plus longue sans qu'elle ne se casse à mi-parcours. A la fin de cette tâche ménagère, Juliette installait ses poupées sur la pierre à droite de la cheminée, leur offrait dans des petits pots en terre les épluchures enroulées : « aujourd'hui c'est du saucisson fait maison ! » Quel âge avait-elle ? Six ans ? Alors que s'était-il passé pour que les choses changent ? L'entente de ses parents qui s'était dégradée ? Quel rapport avec les conflits entre Mamie et sa mère ? Des questions mais pas de réponses.

L'heure a tourné trop vite, Juliette doit repartir avant d'avoir pu lire la lettre de sa grand-mère. Elle embrasse sa mère qui a repris des couleurs et lui promet de venir dans deux semaines. Tout est dans le regard de sa mère, de la tendresse et du regret, peut-être pour tout ce temps perdu…

Salma

Comme chaque soir, peu avant la fermeture du commerce, des hommes de tous âges arrivent pour se rassembler dans une pièce jouxtant la réserve. Salma est missionnée pour les accompagner et leur servir un thé en attendant l'arrivée de l'épicier. Nouveau ou habitué, chaque homme doit être escorté par ses soins pour éviter les vols dans la réserve. Du moins c'est l'argument officiel de son patron. Elle les guide dans ce passage étroit flanqué de chaque côté de casiers de bouteilles empilés jusqu'au plafond. La présence de ces hommes dans son dos et leur proximité lui déplaisent.

Si l'épicier est disponible, il gère cet accueil. Quand le groupe est au complet, il appelle Salma sur le téléphone du magasin pour lui demander d'apporter le thé qui finit d'infuser. C'est le moment qu'elle appréhende le plus. Tous les regards convergent vers sa personne mais le seul qui l'importune vraiment est celui de l'épicier qui navigue entre chaque homme et elle, accompagné d'un sourire discret au coin des lèvres. Ses yeux délivrent un message muet et assourdissant qu'elle traduit par « elle est à moi, pas touche. » Alors elle darde son regard sur ses pupilles noires crachant tout le dégout qu'il lui inspire, vomissant les mots qu'elle ne peut lui dire. Il jouirait trop de la voir craquer en l'accusant d'avoir une attitude ambiguë envers elle.

Une fois il lui a dit « si jamais un de ces hommes te manque de respect, dis le moi, j'interviendrai », elle a moins ressenti un souci de protection qu'une nouvelle façon d'asseoir son autorité sur elle. Elle sait qu'elle n'invente pas cette situation, que ce n'est pas un désir refoulé de coucher avec cet homme. Elle se sent gênée par son regard, un regard appuyé sur sa poitrine, pas assez long pour qu'elle puisse réagir.

Pourtant les premiers jours de son installation étaient plutôt agréables. Rafi était aux petits soins pour elle soucieux qu'elle ne manque de rien. En lui montrant les tâches à accomplir au magasin il s'excusait presque de la contraindre à des tâches manuelles « elle l'intellectuelle ». Elle le rassurait lui expliquant qu'au pays elle travaillait aussi de ses mains. Elle avait toujours participé aux travaux de l'exploitation. C'est elle qui tuait les volailles, retournait le jardin avec son frère. Au décès de sa mère, c'est son père qui l'avait poussée à continuer ses études. Pour autant, elle avait toujours été agacée par la distinction entre les intellos et les autres. Les uns avaient le besoin de dépeindre tout ce qu'ils vivaient pendant que les autres gardaient au plus profond d'eux leurs émotions, leurs pensées sans fioriture de mots. Leur partage passait seulement par un geste, un regard, une parole. Les silences de son père avaient permis à Salma de sentir le monde à sa façon et ses regards l'avaient guidée vers l'essentiel. Il était la flèche mais pas l'archer.

Libre, elle s'était toujours sentie libre. Aussi les questions de l'épicier sur son emploi du temps en dehors des heures de travail avaient fini par l'agacer. Au début elle y voyait de l'intérêt mais très vite elle s'était sentie épiée.

Juliette se rappelle bien quand les tensions ont augmenté. C'est au moment où elle lui a parlé de ses escapades loin du quartier, pas seulement pour ses démarches mais aussi pour assouvir son besoin de marcher et de découvrir Paris.

Il avait commencé à la mettre en garde, « pour l'instant tu n'as pas encore de papiers, fais gaffe… ». Puis quand elle était revenue de l'association fréquentée par Irina et elle-même pour les cours de français, toute contente de lui annoncer que le récépissé de sa nouvelle demande d'asile suffisait en cas de contrôle, c'est là qu'elle avait vraiment compris : son sourire crispé, ses quelques mots bafouillés « alors dans ce cas… ». Le problème était ailleurs. Il ne se souciait pas de sa sécurité mais voulait la protéger à sa façon en la confinant dans une cage dorée.

****

— Même un placard à louer ! Je travaille, je suis courageuse, je peux payer six mois d'avance. Je n'ai plus d'hébergement dans une semaine.

— Ecoutez Madame Serty, répond Madeleine impassible, je comprends votre inquiétude mais votre emploi est trop récent, ce n'est pas un CDI et votre salaire est trop faible. Voyez avec les bailleurs sociaux.

— Mais j'ai déjà fait toutes ces démarches, les délais sont longs sur Paris pour obtenir un logement, je vous en prie, je ne veux pas retourner à la rue.

— Madame, nous sommes une agence pas un service social, je ne peux rien pour vous.

Juliette dos à la porte, surprise par le ton sec de Madeleine, se retourne touchée par les derniers mots de la cliente. Elle aperçoit une jeune femme, les joues barbouillées de larmes, silencieuse dans sa détresse. Bizarrement une certaine fierté se dégage de son effondrement. Est-ce lié à son long cou tendu tel un mat ? Elle n'est pas agressive, juste désespérée. Elle pleure silencieusement, se lève, rassemble ses papiers puis se noie dans la foule du trottoir.

Juliette

Juliette regarde la lettre-testament qu'elle n'a pu lire dans la maison de sa grand-mère. Elle ira à Minois vendredi au lieu de se rendre au marché.

— Juliette ! Allez viens c'est la pause, on pique-nique au parc Pasteur, dépêche ! Il est déjà 13 heures. »

Juliette adore quand ses collègues la pressent de venir, ils pourraient partir en lui disant « rejoins-nous ». Mais non ! Elle se sent exister, avoir une importance.

— Oui j'arrive ! Elle court dans la petite cuisine attraper sa gamelle et s'empresse de les rejoindre.

— Ah ce qu'on est bien au soleil, dit Madeleine en s'étirant. Ras le bol des clients ce matin, un défilé de râleurs, ils veulent tous être prioritaires et c'est le concours du meilleur pleurnicheur !

— T'exagères, dit Ludo, c'est une réalité, une vraie galère de se loger à Paris.

— Ils n'ont qu'à aller en province, y a de la place !

— Ben, qu'est ce qui t'arrive ?

— Mon homme me trompe

— Tes sûr ?

— Il s'est mis à lire

— Et alors ?

— C'est une première ! Il doit y avoir une femme là-dessous !

— Mais des romans ?

— Oui et de la littérature MOSSIEUR, Maupassant !

— Ah oui ce n'est pas commun.

— Tu vois, toi aussi tu trouves ça suspect.

— Non mais comment il t'explique çà ?

— Au boulot il y aurait soit disant une boite à livres et son collègue lui aurait conseillé Maupassant pour se détendre. Madeleine fait une moue dubitative.

— Ça coûte moins cher qu'un psy, ajoute Ludo.

— Et toi Juliette qui lit beaucoup, t'en penses quoi ? demande Madeleine

— C'est un bon choix pour démarrer, écriture simple et histoire passionnante. Juliette perdue dans ses pensées n'a pas suivi la conversation.

Tous s'esclaffent.

— Mais non je veux savoir si tu crois que Gilles me trompe ! s'agace Madeleine.

Juliette pense que oui pas à cause de Maupassant mais au regard déshabilleur de cet homme quand il passe à l'agence.

— J'en sais rien.

— Tu ne dis pas non, donc tu penses que c'est possible !

— Ecoute Madeleine, les hommes et moi tu sais que je n'ai pas encore trouvé le mode d'emploi, alors calme-toi, je ne peux pas t'aider.

— Pas encore trouvé ? Ah ah, il y a donc un espoir, souligne la jeune Sophia.

Juliette baisse le nez, mal à l'aise.

— Je blague ! Décidément aujourd'hui tout le monde est à fleur de peau, c'est peut-être la pleine lune.

— Justement, dit Juliette, ce matin la jeune femme qui demandait un logement « même un placard » m'a touchée. Elle venait d'où ?

— Oh la la, rétorque Madeleine, heureusement que tu ne fais pas l'accueil sinon tu perdrais le sommeil !

— Tu as raison je suis bien mieux dans mon bureau mais dis-moi quand même.

— Madeleine souffle. Je sais plus… elle a parlé d'un boulot dans une épicerie porte de Clichy mais vu sa situation je ne lui ai pas fait de fiche.

— Elle semblait terrorisée de se retrouver à la rue ! insiste Juliette.

— Juliette, c'est la première fois que tu t'intéresses à un client. T'étais pas concentrée sur ton boulot ce matin ? Un amoureux en vue ?

Juliette ne répond pas et s'applique à ranger soigneusement ses couverts dans sa serviette de table et à épousseter chaque miette accrochée aux torsades de son gilet.

— Ça va Madeleine ! on est lourd sur le sujet ! réplique Ludo.

— Non, c'est moi qui suis coincée, répond Juliette en relevant la tête. Mais dis-moi quand même Madeleine ce qu'elle t'a raconté.

— Et bien… qu'elle était réfugiée politique, hébergée par son employeur qui reprenait le logement d'ici une semaine, qu'elle allait se trouver à la rue… toujours la même histoire…

— Elle semblait vraiment angoissée, dit Ludo, j'étais mal pour elle.

— Ben t'aurais fait quoi toi ? rétorque vivement Madeleine.

— La même chose que toi, lui dire que sa demande n'était pas recevable mais peut-être sur un autre ton.

— Et puis merde ! Je vais aller marcher. Je suis une femme sans cœur, Gilles a bien raison de me tromper. Madeleine fait mine de se lever.

— On n'a pas dit ça ! On a tous nos humeurs, et puis tout le monde sait que tu es quelqu'un de généreux. Allez ça va s'arranger avec ton mari. Juliette réconforte son amie en lui caressant le dos et l'incite à rester assise.

— Non, et puis je crois que c'est moi qui ne le supporte plus. Le ton agacé de Madeleine a fait place à un soupir de lassitude.

— Je ne veux pas être rabat joie mais c'est l'heure de retourner au bureau des lamentations, dit Ludo pour alléger l'ambiance électrique.

Salma

Non elle ne va pas se décourager ! Ce matin elle a craqué dans cette agence qu'une compatriote croisée à l'association lui avait conseillée. « Moi ça a marché, tu fais des fausses fiches de paye et un contrat d'embauche bidon, ils ont rien vu ». Au téléphone, Léna lui avait même proposé de l'aider pour la caution. Non, Salma va se battre, elle a vécu des situations autrement difficiles. Des voyages interminables dans des camions, la puanteur de la pisse et de la peur, la faim, la perte de… non ce n'est pas le moment de regarder dans le rétroviseur, je dois me démerder seule.

Pourquoi ce langage vulgaire ? Elle qui écrivait des articles martelés de citations fortes puisées dans les œuvres raffinées de ses maitres à penser. Son engagement militant est bien loin ! Où ça m'a mené tout cela ! La taule ou l'exil ! « Allez Salma, ma pierre précieuse ! », comme disait sa mère, je t'ai connue plus battante ! Salma réajuste son bandeau qui a du mal à maitriser ses boucles abondantes.

Manger, dormir et fuir ce type voilà l'urgence aujourd'hui. Salma avance rageusement car pour le moment elle doit retourner là-bas. Elle n'a pas d'autres alternatives. Finis les foyers ou l'accueil de nuit ! la promiscuité, les cris la nuit, Salma a donné, avec ceux qui ont emmené la guerre dans leur cervelle, les tortures tatouées sur leur corps et d'autres horreurs non visibles circulant comme des murènes.

Il est onze heures, elle reprend aujourd'hui à midi. « Allez ! J'ai le temps de retourner voir le square ». Deux jours plus tôt Salma a traversé cet endroit en allant faire une course pour l'Autre. Elle s'est même arrêtée pour observer les canards. Assise face au bassin elle a remarqué une architecture creuse où se réfugient certainement les oiseaux. Peut-être pourrait-elle s'y cacher en attendant. En attendant quoi ? Elle ne sait pas. Pour l'instant ce n'est pas trouver quelque chose mais fuir quelqu'un !

Arrivée au square, Salma cherche un endroit pour reprendre son souffle et ses esprits. Beaucoup de monde, une place sur l'herbe fera l'affaire. Autour d'elle des nounous toutes africaines gardent des petits blancs. Une image dans une autre vie passe devant ses yeux, sa mère jetant un regard derrière la fenêtre quand elle jouait dans la cour.

Les femmes surveillent les enfants d'un œil distrait car leurs bavardages teintés de rires trahissent surtout le plaisir d'être ensemble. Leurs conversations se chevauchent et donnent le sentiment que ce moment est LE moment de liberté, de lâcher prise. Mais après quelques minutes, Salma constate que chacune surveille réellement tous les enfants. Comme dans son village… garde solidaire, pas de barrières murant son petit lopin, sa petite vie. Au contraire leurs regards papillonnent d'un petit à l'autre et parfois en apostrophent un par son prénom.

Salma envie ces femmes et aimerait partager leur bonne humeur. Pourtant elle sait que leur vie est difficile, longs trajets depuis la banlieue, ballotées, bousculées, parfois insultées par des p'tits cons qui eux aussi ont été de gentils poupons. Mais dans ce square, leur communion rieuse semble gommer en partie les cernes du lever tôt, la bousculade de leurs propres enfants déposés à la garderie. Ici la course est finie, les bancs sont des berges où le stress et l'énervement du matin s'échouent. La volaille qu'elles doivent couver est libre sans rappel incessant à la prudence. Et comme sa mère le faisait pour elle, quand un petit pleure, sa nounou ne se précipite pas en hurlant mais le rassure de loin, lui demande de venir dans son giron pour l'enrober de douceur, lui insuffler une nouvelle sérénité et l'envie de retourner à ses jeux, comme sa mère si aimante mais disparue déjà depuis dix ans.

Ce souvenir à la fois beau et douloureux ramène brutalement Salma à la réalité. L'heure défile. Elle s'approche du bassin, mesure la distance qui sépare le rebord en pierre et le petit ilot central et ramasse une branche pour sonder la profondeur. Elle zoome l'entrée de l'architecture biscornue avec son portable pour évaluer si la cavité du monument est suffisamment grande pour s'y réfugier une nuit.

Apercevant l'heure, Salma se dépêche de regagner la sortie du square pour prendre le relais de sa collègue Irina.

Juliette

Juliette n'a qu'une petite heure pour s'isoler chez sa grand-mère. Exceptionnellement elle a laissé le marché du vendredi pour un aller-retour dans la journée à Minois. Au pas de courses, elle parvient au porche, glisse la clé dans la serrure, geste nouveau car elle n'a jamais franchi le pas de porte en l'absence de sa grand-mère.

La pièce est tiède, le soleil la réchauffe une grande partie de la journée. Les volets resteront ouverts jusqu'à sa location prochaine. Juliette s'installe confortablement dans le fauteuil aux accoudoirs en bois usés par les mains qui les ont caressés. Des roses anciennes la saluent derrière les carreaux. Elle se sent bien dans sa tristesse. Ses mains caressent l'enveloppe bleue. Ses doigts frottent la colle craquelée qui indique son ancienneté. Sa grand-mère a dû la rédiger bien avant son décès. Juliette en sort plusieurs feuillets. La lettre commence par ces mots :

« *Ma Juliette. Après avoir lu cette lettre, j'espère que je resterai ta mamie chérie…*

Juliette perd de son assurance, ses bras tremblent sous le poids des confidences qui seront peut-être lourdes de conséquences. Après ce ne sera plus pareil, le château fort de son enfance s'effondrera mot après mot, le décor de la pièce familiale qui s'est jouée jusqu'à présent sera démonté.

Les images cognent dans sa tête, doit-elle bruler l'enveloppe et ses secrets ou accepter de réécrire sa vie ? Elle continue la lecture :

Aujourd'hui tu as soufflé tes sept bougies, et je suis encore émue de ta joie quand tu as découvert la poupée offerte par ta maman. Tu m'as regardée pensant que c'était moi mais j'ai tourné le regard vers ta mère dont la joie d'offrir venait d'être gâchée par ton erreur. Elle devait se dire que tu ne la croyais pas assez attentive pour avoir perçu la lueur d'envie devant cette poupée quand vous étiez allées à la ville. Et puis, il y a eu aussi cette dispute entre Papy et maman.

Si je t'écris cette lettre ce soir, seule dans mon fauteuil pendant que Papy dort, c'est pour que tu comprennes plus tard tous ces conflits. Il faut que j'arrache les mots de mon cœur même si je dois saigner.

Ta mère a dit « on a vu comme vous aviez du cœur pendant la guerre ». Alors il faut que je te parle de ton grand-père. Papy a fait la guerre et a été prisonnier longtemps dans un camp de travail obligatoire en Allemagne. Moi pendant ce temps j'élevais seule ta maman.

A la fin de la guerre quand il est rentré ce n'était plus le même homme. Lui si doux était devenu nerveux presque méchant. Je l'excusais imaginant les privations subies et les horreurs vues. Il ne m'en a jamais parlé mais son regard en disait long et son état de santé aussi.

A la fin de la guerre les femmes françaises qui avaient fricoté avec « les boches » comme on disait, ont été tondues, frappées et parfois pire. Une jeune voisine que je connaissais bien a eu une relation avec un allemand. Une partie de sa maison avait été réquisitionnée.

Le jour de la libération, il n'y a pas eu que la fête comme on voit dans les films. Il y a eu aussi beaucoup de règlements de comptes. La voisine a été tondue et poursuivie par des femmes et des hommes du village. Nous on était dans la maison, ton grand-père n'avait pas le cœur à s'amuser. Il se reposait. La voisine est venue frapper à la porte pour échapper aux lyncheurs et trouver refuge. J'ai commencé à ouvrir le verrou mais Papy m'a ordonné de laisser cette p... dehors.

A l'époque, c'est l'homme qui commandait. En plus il pouvait plus voir « les boches » et elle avait couché avec l'ennemi ! Moi je ne voyais pas les choses pareilles. Je savais que c'était une histoire d'amour, pas une collabo. Le temps qu'on se dispute, les autres l'ont rattrapée et l'ont frappée. Malheureusement, elle est morte en s'assommant sur le muret de pierres. Aujourd'hui je sais qu'on a mal agi, pourtant je n'en veux pas à ton papy, il a trop souffert, la guerre abime plus les âmes que les corps. Si on avait ouvert qu'auraient dit les gens ? Qu'on était pour les boches ?

Gisèle ta maman, a appris cette histoire à l'école quand elle a étudié la guerre de 39/45. Elle avait quinze ans. Ils ont parlé des femmes tondues et un élève lui a dit : « c'est comme tes parents ils en ont tué une ». Elle ne nous en a pas parlé tout de suite. Elle est allée aux archives avec une copine et a trouvé l'article qui parlait de ça. Notre nom n'était pas cité, seulement le village mais Gisèle a fait le rapprochement. C'est à partir de là qu'elle est devenue difficile avec nous. On a mis ça sur le compte de l'adolescence mais à ses 20 ans, elle nous a tout lancé à la figure et a quitté la maison. Elle a rencontré ton père puis tu es née. On est resté sans se parler jusqu'à ta naissance, presque deux ans.

L'accouchement a été très difficile, elle est restée alitée six mois incapable de s'occuper de toi. Elle a fait une sorte de baby blues. Alors, ton père qui travaillait en déplacement m'a demandé de te prendre à la maison. Il te reprenait les fins de semaine. C'est pour cela que toi et moi, nous sommes si proches. Quand ta maman a été mieux tu es retournée vivre chez toi. Ça a été un déchirement pour Papy et moi mais on n'avait pas le choix. Tu étais leur fille.

Durant toutes ces années, on n'a jamais reparlé de « la femme du boche » mais c'est resté entre nous. Peut-être qu'un jour on arrivera à s'expliquer. Je porte ce poids sur le cœur depuis tant d'années. Quand tu seras grande je te donnerai cette lettre.

Ta Mamie qui t'aime plus que tout.

Juliette lève la tête, regarde de nouveau les roses qui se balancent et se dit que finalement Mamie a gardé ce secret jusqu'à sa mort.

Salma

— Mais je sais pas ! Elle est sortie trois heures ou peut-être quatre.

— …

— Je bosse moi, j'ai pas un chronomètre sur le poignet.

— …

— J'ai juste accepté de rendre service, pas d'être garde du corps.

— …

— Mais non, j'oublie pas ce que tu as fait pour moi au pays. Tu vas me le rappeler à chaque fois ?

— …

— C'est toi qui me dis de ne pas m'énerver ! Tu te fais trop de mouron pour ta sœur. Tu crois que c'est facile pour moi avec ma femme et mon gosse qui sont toujours coincés là-bas ?

— …

— Mais t'as pas lu la presse ? Il y a encore eu des massacres dans le village juste à côté de chez nous. Je dors plus, je deviens fou.

— …

— Je lui fais peur ? Il faut savoir ce que tu veux. Ou je lui demande des comptes ou je la laisse tranquille. Tu sais, entre le magasin et les réunions j'ai suffisamment à faire.

— …

— Bon salut, porte toi bien-toi aussi.

Salma en arrêt dans l'escalier remonte doucement vers sa chambre, silencieuse comme un chat. On aurait dit que Rafi parlait d'elle… à Salim ? Elle ne savait pas qu'ils s'appelaient. Il va falloir qu'elle rassure son frère, il se fait trop de soucis pour elle.

Juliette

Monsieur Carreau le concierge tire les poubelles sur le trottoir.

— Bonjour Juliette, pourquoi vous mettez cette jolie table de nuit aux encombrants ? Elle a pas l'air abimé malgré son grand âge ? Style Louis XV non ?

— Ah ça, je n'y connais rien ! Elle appartenait à ma grand-mère qui vient de disparaitre. Je l'ai rapportée en souvenir mais elle ne tient pas à côté du lit. Ça me fait mal au cœur mais je n'ai pas de place. La voix de Juliette chevrote.

— Toutes mes condoléances.

Le concierge se gratte les quelques cheveux qu'il conserve précieusement sur le crâne.

— Ecoutez, je vois que cet objet c'est comme qui dirait votre madeleine.

Juliette le regarde avec un sourcil levé.

— Et oui Mademoiselle, avec ma vue basse et mon air bête, vous vous dites comment qui connait c't expression, il a pas l'air d'un intello le concierge.

— Oh non pas du tout !

— Mais si ! c'est normal, un concierge qui lit c'est comme une poule qui pond des œufs carrés. J'ai la gouaille du Parigo mais ça m'empêche pas d'aimer Proust.

— Alors là vous m'épatez, même moi qui lis beaucoup je n'ai jamais lu cet auteur.

— Hou hou hou, j'l'ai eu la gamine ! Au moins j'ai réussi à vous faire sourire. Non, c'est ma femme qui m'a expliqué tout çà, elle lit beaucoup vous savez. Proust au début j'ai cru que c'était le fabricant de madeleines, mais ça, vous le dites à personne.

— Vous êtes un blagueur Monsieur Carreau. Par contre vous avez l'air de vous y connaitre en meuble.

— Ah çà oui et c'est pas pour vous en mettre plein la vue. Mon grand-père était ébéniste, et mon père aussi, l'atelier était au fond de la cour. Presqu'au début de la guerre, il a été démobilisé, des éclats d'obus dans une main. Il a pas pu reprendre son boulot alors il est devenu concierge avec ma mère. C'est votre table de nuit qui m'fait penser à tout çà. J'ai une idée, là-haut j'ai une chambre de bonne, y a de la place, si vous voulez.

— Je ne dis pas non

— Alors dites oui !

— Merci beaucoup Monsieur Carreau, vous êtes trop gentil.

— Ben dites-le à ma femme, on s'est encore engueulé c'matin toujours à cause de la bibine. Allez suivez-moi.

Juliette emboite le pas au concierge. L'ascenseur s'arrête au cinquième. Deux escaliers restent à grimper. Monsieur Carreau souffle, se tient les reins mais gravit les marches d'un pas régulier.

— J'en profite, Huguette est chez le coiffeur, elle aime pas que je grimpe, elle a toujours peur que j'me casse la binette. En plus elle veut que je sois à la loge au cas où. Voilà, c'est là.

La pièce est petite comme une chambre de poupée. Bizarrement peu d'affaires, un lit d'une place est collé au mur, une étagère lui fait de l'ombre. Des chaises en paille sont empilées dans un coin. Un rideau brodé habille la lucarne qui éclaire un petit bureau placé dessous.

La pièce est très propre, une odeur de savon noir flotte dans l'air.

Le concierge glisse la table de chevet à gauche du lit et pose délicatement dessus le bougeoir qui veillait sur l'étagère. Il a un air ravi.

— Voilà, elle a trouvé sa place, en attendant bien sûr…

— Monsieur Carreau, je peux vous poser une question ? Juliette hésite.

— Je sais ce que tu vas me demander. (Il la tutoie mais Juliette sent l'émotion dans sa voix). Tu veux savoir pourquoi on dirait un musée ? Pourquoi tout est en ordre, propre et rangé ?

Juliette hoche la tête. Il s'assoit sur le lit. Elle prend la chaise et attend. Le regard du concierge est parti très loin dans un espace où Juliette ne peut accéder.

— Et bien tu es la première à qui j'en parle. Parce que toi, t'as l' cœur gros comme un soleil, ça s'voit.

Juliette se tait sentant que ce moment de confession est une parenthèse exceptionnelle dans sa vie, un moment rare à savourer.

— C'était pendant la guerre, j'avais 10 ans mais moi j'étais à la campagne chez mes grands-parents. Ce que je vais te dire, je l'ai découvert dans le testament de mon père. Il est mort, ça va faire quinze ans demain.

Dans une lettre il raconte que dans cette chambre, il a caché des juifs. Il leur portait à manger et à boire la nuit quand tout le monde dormait, même que dans l'immeuble les boches avaient réquisitionné le plus bel appartement situé juste en dessous. Les juifs, ils étaient cinq, la grand-mère, la fille et ses trois enfants. Je sais pas comment ils pouvaient tenir dans cette petite chambre ni comment ils occupaient les mômes pour qu'ils fassent pas de bruit. Un jour la famille est partie sans prévenir, p'têtre qu'ils ont eu peur des boches. Mon père a jamais su ce qu'ils étaient devenus. Peut-être ils ont eu moins de chance après. Le concierge hoche la tête avec les sourcils en accent circonflexe.

Alors pour leur mémoire, dans son testament, mon père a donné comme dernière volonté de garder cette chambre et d'en prendre soin des fois qu'un membre de cette famille viendrait la voir. Son regard balaie lentement l'ensemble de la pièce.

Les larmes envahissent Juliette, de gros sanglots qui dégringolent sans qu'elle ne comprenne pourquoi.

Le concierge est surpris

— Que s' passe-t-il ? Ça vous rappelle quelque chose ? Vous êtes juive ? Ah ma femme serait là, elle dirait : Gilbert t'as encore réussi ton coup !

Juliette a honte de se trouver dans cet état, de voir le concierge s'accuser alors que c'est lui qui pourrait pleurer au souvenir de cette histoire. Elle se lève, pose une main sur son épaule et le rassure

— Non, je suis seulement bouleversée par cette histoire et très touchée de la confiance que vous me portez. Je ne sais pas pourquoi c'est si fort pour moi

Le concierge est embarrassé et se trouve un peu emprunté pour consoler Juliette.

— Merci du fond du cœur, reprend Juliette.

— Oh c'est rien elle ne tient pas de place (il montre la table de nuit de Juliette).

Juliette sourit en essuyant ses larmes.

— Non je vous remerciais pour…

— Mais je sais que c'est pour l'histoire, mais vous me prenez vraiment pour un berlaudio !

— Oh non !

— Je blague ! c'est pour vous ramener le sourire sur votre joli minois comme disait ma grand-mère.

— Minois ! c'est le nom de mon village d'enfance.

— Eh bien voilà, la boucle est bouclée. Allez, on redescend, car la patronne va ronfler si elle sait que je me suis absenté de la loge.

****

Cette nuit Juliette a pris une décision, repassant dans sa tête le scénario à l'agence, de la cliente désespérée qui dans un souffle appelait au secours mais dont le regard n'espérait rien. Dans son sommeil agité, tout se mélangeait : cette femme, la lettre posthume de sa grand-mère, et le récit du concierge.

Juliette se compare à une mécanique trop bien huilée qui tourne depuis des années sans surprises ni accroc mais qui en un instant, a une toute petite dent qui saute. Un mouvement presque imperceptible a changé mais la raison reste encore mystérieuse. La faille est minuscule, il faut chercher.

Sans bien comprendre cet élan qui l'emporte, Juliette s'engouffre dans la bouche de métro, destination porte de Clichy. Une nouvelle fois, elle n'ira pas au marché ce vendredi. Dix stations de métro et un changement, tout un voyage pour Juliette dont les trajets à pieds sont limités par ses peurs. Prendre le métro, une première en quinze ans ! C'est plutôt lui qui l'a prise, aspirée dans ses entrailles, bousculée dans un monde étranger.

Au fur et à mesure de son trajet, la population qui monte dans les rames n'est plus la même. On passe du vélin à la simple feuille, de l'œil centré sur son image au regard éteint, ou plutôt intérieur. Certains sommeillent, grappillent quelques grains d'énergie avant d'attaquer le travail, ouvriers, maçons, femmes de ménages, nounous, tous venus de banlieues éloignées. C'est ce que s'imagine Juliette. En fait elle n'y connait rien, seulement des images vues à la télé.

Quand Juliette retrouve l'air libre, elle s'arrête à la dernière marche de l'escalier et ressent un vertige. Tous ces gens diffèrent de son ilot parisien, par leur allure, leur couleur, leur agitation. Quelques terrasses de café sont occupées en totalité par des hommes qui parlent d'autres langues que la sienne. Juliette est aux antipodes de son petit quartier moins cosmopolite, si tranquille (en apparence, car le concierge lui en raconte de belles depuis qu'ils se connaissent mieux).

Il est 9 h, certains commerces ouvrent seulement. Quelle folie ! On n'est pas à Minois. Retrouver une femme entraperçue sans nom ni adresse à Paris relève de la chance infinitésimale du gagnant du loto. Et puis que lui dira-t-elle ? Elle n'a pas réfléchi aux propositions, juste un élan incontrôlé pour lui porter secours.

Traverser ce grand boulevard l'effraie. Elle a le sentiment d'être regardée, une mouche sur une nappe blanche. Les pans de son châle, protecteur d'ordinaire, tombent aujourd'hui comme les ailes d'un cormoran après une plongée. Son panier l'encombre. Comment le tenir ? Sur le bras ou pendu au bout des doigts ? Elle l'a pris pour se faire une contenance quand elle aura trouvé l'épicerie. Mais aujourd'hui cet objet familier semble la narguer pour lui rappeler qu'elle se trouve bien loin de son petit marché.

Juliette fait le tour de la place, essaie de marcher d'un pas assuré pour donner l'illusion qu'elle connait les lieux. Au bout de trois tours elle a repéré deux épiceries.

Une grande fatigue la submerge, trop d'émotions et une mauvaise nuit. Une petite table libre où des hommes sirotent des cafés, lui fait de l'œil. Pourquoi pas ? L'emplacement à l'angle de la rue donne sur les deux commerces. A son arrivée les regards convergent vers elle mais très vite chacun retourne à sa conversation ou à son silence.

Le serveur lui propose un croissant pour accompagner son café. Juliette accepte et commence à s'habituer à l'ambiance, s'étonnant de voir le nombre de passants qui saluent les clients attablés. Tout le monde se connait, une poignée de mains, une autre sur le cœur, un sourire ou un pli sur le front montrant son soutien, peut-être pour un parent malade. Juliette en oublierait presque de surveiller l'entrée des épiceries.

Dix heures, toujours pas trace de cette femme. Elle ne travaille peut-être pas le vendredi ou peut-être à un autre horaire ou peut-être pas dans ce quartier ? Pour étrangler le doute Juliette règle sa consommation et part à l'assaut des deux commerces. Elle a soudain une idée. Elle dira qu'elle cherche du travail et se renseignera sur le personnel.

Première épicerie, un homme est à la caisse l'air taciturne, Juliette pose les pêches choisies sur la balance. Apres avoir payé elle se lance :

— Excusez-moi Monsieur je cherche du travail, quelques heures, vous n'avez pas besoin de quelqu'un ? Pour ranger les marchandises ou faire du ménage ? Vous avez suffisamment de personnel ?

Juliette a sorti sa tirade d'un trait en le regardant à peine. L'homme la scrute et lève un sourcil

— Vous êtes de la police ?

— Pardon ? Pas du tout.

— D'abord vous habitez où ?

— Près de Marot (Juliette a retenu le nom de cette station située à deux arrêts d'ici car il lui rappelait le nom de son institutrice).Ecoutez, j'ai des dettes et je dois trouver quelques heures de travail. Je fais déjà des ménages.

— Non j'ai ce qu'il faut.

— Au revoir, merci quand même

Juliette est en nage, elle a bien vu que l'homme ne la croyait pas. Elle retourne au café, commande un diabolo citron.

— Re bonjour ! dit le serveur. Vous avez l'air embêté, des problèmes ?

— Oh juste un rendez-vous annulé à la dernière minute.

— Ah çà ! Y en a qu'on pas de parole. ! Ou alors c'est à cause d'une urgence ?

— Oui c'est ça, dit Juliette en baissant le nez.

Elle s'étonne de mentir si facilement. Peut-être la lecture de nombreux romans a-t-elle développé son imagination ? Juliette appréhende de se rendre dans la deuxième épicerie. Mais il faut aller jusqu'au bout. Remise de ses émotions, elle retourne au combat. A la caisse le bonhomme est plus avenant, il l'accueille avec un grand sourire. Juliette parcourt les rayons, une femme est accroupie en train de ranger des boites de conserves.

— Excusez-moi, dit Juliette tout bas, vous êtes plusieurs à travailler ici ?

La femme lève la tête avec un regard interrogateur.

— Vous- travaillez -toute seule ? anone Juliette qui pense que la femme ne comprend pas le français.

La salariée pique du nez. Le patron se dresse devant elles. Juliette ne l'a pas entendu approcher. Il demande à l'employée ce qui se passe. Elle lui répond avec des gestes qui montrent qu'elle n'y est pour rien.

— Que cherchez-vous ? lâche-t-il d'un air beaucoup moins engageant.

Juliette prend son courage à deux mains et lui dit :

— Je cherche du travail et je lui demandais si vous embauchiez ?

— C'est à moi qu'il faut demander

— Oui excusez-moi, j'aurais dû mais il y avait la queue à la caisse et je n'ai pas osé vous déranger.

Le sourire revient sur la figure de l'homme.

— J'ai déjà deux employées, une le matin et l'autre l'après-midi, ça me suffit.

— Et bien merci je vais payer ces légumes et je vais y aller.

****

Après les visites des deux épiceries. Juliette décide de revenir l'après-midi. Peut-être la femme qu'elle cherche sera celle qui prend le relais de l'employée du matin ? En attendant, Juliette ne veut pas rester dans le quartier, craignant de devenir suspecte à force de rester plantée dans le café. Elle pense aux films de série B où le pisteur colle sa proie sans être repéré, situation peu crédible qui l'a toujours agacée. Elle songe à ses collègues qui s'inquièteraient de sa santé mentale, s'ils savaient.

Mais où aller ? Juliette ne connait rien de Paris. Elle s'approche d'un plan de métro, repère la ligne empruntée le matin. Quel nom de station pourrait l'inspirer ? Pas trop loin et sans changement ? Station « bonne nouvelle ». Eh bien voilà un nom qui lui plait ! Peut-être même prémonitoire. Elle descend les marches, plus à l'aise que le matin, monte dans le wagon et joue la parisienne habituée aux transports. La main agrippée à la barre poisseuse, elle lève le menton, accroche à son visage un regard lointain tout en balayant les têtes des passagers de la rame. L'astuce est de ne jamais s'arrêter plus de deux secondes sur un regard. Pas d'accroche, pas de risque d'être abordée, pas de « t'as d'beaux yeux tu sais ? » Pourtant être Morgan avec Gabin qui la bouffe des yeux, elle en rêve, mais a toujours fui les approches amoureuses.

A la sortie du métro elle traverse un marché, achète une galette aux herbes à un vendeur « bobio », elle le notera dans son carnet de bons mots. Tout attrape son regard, les boutiques de vêtements aux couleurs chaudes, les affiches bariolées annonçant des spectacles, les bouquinistes avachis sur les parapets, fumant, l'air ébouriffé. Mais 14 heures sonne à la grosse horloge de l'église, ce qui précipite Juliette à la fois dans un état de stress et dans le métro.

De nouveau Juliette arpente le boulevard des deux épiceries, et se pose dans un nouveau café qui permet toujours de surveiller les allers venues des deux commerces. Cette fois elle est assise dans la salle, collée à la vitre, scrutant son point de mire tout en faisant mine de lire un journal abandonné sur la banquette. Elle commande un thé à la bergamote accompagné de minuscules madeleines.

Peu de clients entrent dans les épiceries, l'heure n'est peut-être pas propice. Après un long moment Juliette ressent une lassitude à fixer ses deux cibles. Le thé la détend, masse ses gencives et glisse savoureusement dans sa gorge. Les grains de sucre éparpillés sur la soucoupe l'emmènent vers des pensées philosophiques. L'existence est comme ce morceau de sucre que l'on ne peut reconstituer à l'identique. Elle n'est pas une seule et grande image composée de tranches de vie qui gardent leur place comme un puzzle. C'est elle Juliette qui ajuste les évènements dans un ordre influencé par ses émotions, ses accidents de parcours, ses rencontres, ce qu'elle prend, ce qu'elle laisse. Son puzzle du moment est l'assemblage de deux lettres, l'une de sa grand-mère et l'autre du père de Gilbert Carreau. La troisième pièce provient du cri de détresse de la femme à l'agence. Les trois éléments s'imbriquent pour dessiner une seule et même image : une personne à sauver.

Est-ce vraiment elle qui choisit ou serait-ce un guide spirituel, une mémoire ancestrale qui oriente ses regards, son écoute à un moment précis ? Le grand mystère de la vie… Juliette n'est pas croyante, quoi que ? En fait elle se sent partagée. Cela vient sûrement de son enfance, son père à l'église tous les dimanches et sa mère au jardin. Chacun cultive ce qu'il peut. Etonnamment la religion n'a jamais été source de conflits entre ses parents. Malgré ses pensées, son regard attrape la silhouette du patron de la deuxième épicerie. L'homme monte dans une voiture et se fond dans la file de véhicules. Peut-être est-ce le moment d'aller voir la tête de l'employée de l'après-midi. Juliette règle et se retrouve sur le trottoir. Attendant de traverser, elle aperçoit une femme sortant du commerce. Elle ferme le magasin affichant un panneau sur la porte. La jeune femme lance des regards inquiets à droite et à gauche puis traverse l'avenue. Juliette surprise de se trouver face à celle qu'elle espérait tant revoir, subit la bousculade de la foule qui peste contre cette passante immobile devant le petit bonhomme vert. Elle reconnait ses yeux surtout, si mélancoliques et son port de tête. Juliette est tétanisée.

« *Ben alors godiche, tu lui parles ? Oui mais pour lui dire quoi ? Fallait y penser avant !* »

Juliette est témoin de ses propres disputes intérieures et ne parvient pas à réagir. Ses jambes soudain pivotent et décident de suivre l'inconnue. Juliette leur obéit. La jeune femme marche d'un pas pressé, décidé, vers un lieu qu'elle connait sûrement. Sans hésitation, elle s'engouffre dans le métro et prend la direction menant vers le chemin de retour de Juliette. Après huit arrêts elle sort de la rame et grimpe les marches. Arrivée à l'air libre elle arrache son sac à dos qui lui scie les épaules et regarde autour d'elle.

Juliette la dépasse et garde ses distances. Après quelques minutes, elle l'aperçoit qui entre dans un square.

« *Peut-être va-t-elle rejoindre une amie qui garde son enfant ? Avec un gros sac à dos comme ça ! Cette hypothèse est peu probable* ».

Non elle s'assoit sur un banc et glisse son sac dessous. Le temps passe sans que Juliette ne l'aborde. La jeune femme s'est endormie. C'est décidé, quand elle quittera le parc Juliette lui parlera. Il est 18 heures. Les enfants, les nounous, les étudiants abandonnent tour à tour les lieux. Seuls deux SDF restent allongés sur un banc non loin de la jeune femme qui s'étire.

« J'ai compris, elle va dormir là ! Elle a été mise à la porte ! J'y vais ! Je verrai bien ! »

A ce moment, la femme se lève, s'approche du bassin au lieu de se diriger vers la sortie. *« Elle veut se noyer ! En finir de cette vie de misère ! ».* Juliette réfléchit. *« Tu crois vraiment que l'eau est profonde ? Et les petits alors ! Ils risqueraient tous leur vie »*

Juliette est lasse des disputes incessantes de ses deux hémisphères. *« Mais que fait-elle ? Elle contourne la fontaine ? Je ne la vois plus ! »* Après dix minutes Juliette veut en avoir le cœur net, franchit enfin les grilles du parc et s'approche du bassin. Aucune trace ! Seul le système de pompage ronronne. Juliette parcourt les massifs et finit par quitter le square sans comprendre.

Sur la pancarte figurent les horaires. Fermeture à 19h. Juliette regarde sa montre : 18h 45 ! Déjà ! Un gardien franchit le portillon, déloge les deux SDF et après une ronde ressort sans avoir oublié de cadenasser les grilles. *« Cà pour un mystère c'est un mystère ! »*

Le parc ouvre à 9 heures elle reviendra demain pour comprendre cette énigme.

Salma

Cela fait une heure que Salma est tapie, écrasée par son sac à dos bourré comme une panse trop remplie. Par une fente elle aperçoit la ronde du gardien avant la fermeture. Il contourne chaque massif et déloge deux gars de la rue allongés sur un banc. Quelques jours plus tôt en retournant au square, elle avait repéré ce petit local à l'arrière de la fontaine qui refermait le mécanisme des pompes et des canalisations. Avec un peu d'adresse il était facile d'ouvrir la porte. Prétextant de prendre des photos de la fontaine elle s'en était rapprochée, avait ouvert et aperçu un espace très étroit mais suffisant pour s'y cacher.

Accroupie, les jambes ankylosées elle se compare à une gazelle tapie dans un bosquet, apeurée par les aboiements des chasseurs et les gémissements des chiens. Mais non, elle ne risque pas sa vie, tout au plus le gardien la mettra dehors. Personne ne sonnera l'hallali, ni tortures ni massacres, la France pays des droits de l'homme et le premier droit celui de vivre. Cette pensée la réconforte, le meilleur reste devant elle. « Rêver c'est déjà ça » comme chante si bien un chanteur à la voix nasillarde entendu à la radio.

Au bruit du portail cadenassé par le gardien, Salma se dit que le moment est venu de sortir de sa cachette. La nuit ne tombe que dans une heure mais elle veut détendre ses jambes. Salma se glisse dans un massif, se cale contre un muret et s'enivre de l'herbe coupée du matin. A l'abri des regards elle sort du pain et du fromage et déguste ce maigre repas si savoureux dans la tranquillité et l'absence des regards de l'Autre. Un merle se pose près d'elle, surpris de voir un humain à cette heure, la fixe, attend de voir s'il y a danger, sautille puis se pose sur une branche de cèdre pour entamer son concert. Ce serait presque un moment magique si… Salma ne veut pas penser au lendemain.

Après cette pause Salma se lève et s'équipe d'une lampe frontale pour « l'expédition spéléo ». Elle remonte sa longue jupe, avance dans l'obscurité atténuée par l'éclairage des réverbères. L'eau est froide mais pas glacée, les dernières journées d'été sont encore ensoleillées. Elle atteint l'ilot et se penche vers l'orifice de l'architecture centrale en allumant sa lampe.

****

Recroquevillée dans l'antre de la sculpture, Salma frissonne. Son duvet est déjà tout humide. Les fientes et la moisissure lui lèvent le cœur. Elle sait que c'est seulement pour cette nuit, pour que l'Autre perde toute trace. Il doit être en train de faire le tour de son réseau, affolé comme un chien qui perd la piste du gibier chassé. Il est capable de réveiller Irina, de la terroriser pour qu'elle crache le morceau. Mais Salma a été très prudente, elle n'a confié à personne sa décision. Les trahisons, elle connait déjà. Elle a même pensé à retirer ses économies, au cas où un relevé bancaire la trahirait dans les jours à venir.

Comment son frère avait-t-il pu lui conseiller de travailler chez ce type ? C'est vrai que c'est elle qui avait appelé au secours Salim. Elle était si mal quand elle avait reçu la réponse négative pour sa demande d'asile. Elle avait aussi demandé à l'assistante sociale une autre solution d'hébergement mais la seule proposition était un chiffre qu'elle connaissait déjà trop bien, le 115[3], numéro qui n'était vraiment pas un sésame. Son frère l'avait consolée « Ca avait marché pour lui, ça allait marcher pour elle ! Il avait peut-être même un plan pour un travail et un hébergement sur Paris, un ami, Rafi. « *Cet homme donnerait sa vie pour moi. Au pays, quand les flics m'ont arrêté je l'ai pas balancé. Je sais que je peux compter sur lui. En plus, je serai rassuré de te savoir sous sa protection* ».

Salma rumine tout cela, découragée, ne comprend pas comment elle est passée de la jeune fille si fougueuse qui combattait les persécutions sur sa communauté, à celle plombée de doutes. Les obstacles pour vivre en paix s'accumulent, même en France où elle avait espéré naïvement être crue d'emblée par ceux qui donnent les papiers.

Elle ne risque plus la mort ou la torture mais sent un danger auprès de l'Autre.

« COIN-COIN ». Le cri amplifié dans « la grotte » la fait sursauter et quitter brutalement ses pensées. Un

---

[3] Urgence sociale

gros canard semble l'invectiver. Cela la ferait presque sourire.

— Toi aussi, l'ennemi occupe ton territoire !

Le jour pointe son nez. Après cette nuit blanche, Salma décide de faire sa toilette dans le bassin. Elle s'asperge rapidement dans l'eau fraiche et vaseuse, ce qui éclaircit ses sombres pensées. Autour d'elle quelques canards barbotent pendant que d'autres lissent leurs plumes sur le bord du bassin. Le sourire de Salma se dessine à nouveau, timidement.

Apres s'être rhabillée, elle rassemble ses affaires et attend l'ouverture du parc sur un banc. Le premier pas est franchi. Elle a quitté le travail de l'Autre même si son avenir reste incertain.

Elle partira pour la Norvège. Elle a suffisamment d'économie pour rejoindre son frère. Au moins elle ne sera plus seule.

Juliette

Samedi matin 8h, Juliette a laissé un message sur le répondeur de l'agence pour dire qu'elle serait très en retard. Aucune absence ni arrêt depuis quinze ans, ses collègues vont s'inquiéter. Mais Juliette n'abandonne pas sa mission, et la disparition de la jeune femme dans le parc ne fait qu'augmenter sa curiosité.

8h30. Juliette est déjà devant la grille et attend la venue du gardien. Elle arpente un coté du parc comme un fauve dans une ménagerie. Un homme l'aborde : « C'est combien ? ». Juliette ouvre de grands yeux, s'apprête à lui demander : « combien quoi ? » Mais elle comprend aussitôt le sens de sa question et rougit de colère. « Je ne suis pas une pute ! » et s'étonne de la méprise, elle n'est pas dans une tenue aguichante ! Mais que connaît-elle des prostituées ? Les descriptions caricaturales de ses romans policiers ou des vieux films passés en boucle ?

L'homme interloqué par le cri de Juliette s'excuse et passe son chemin.

— Un problème Mademoiselle ? lui demande le gardien qu'elle n'a pas vu arriver.

— Non ça va. Juliette regarde l'entrée du parc dont les grilles baillent à se décrocher les gonds !

— Zut ce c… m'a fait rater l'ouverture.

Juliette se précipite dans le square, une personne est assise, derrière la haie, les bras étalés sur la longueur du banc. Sa position laisserait penser qu'elle est sereine. C'est elle.

Juliette contourne le banc, se penche devant la femme comme un adulte quand il s'adresse à un enfant.

— Excusez-moi, je m'appelle Juliette et je travaille à l'agence immobilière où vous êtes venue mardi.

— Vous vous trompez, je n'ai jamais mis les pieds dans une agence.

Juliette lit la méfiance et la surprise dans le regard de la femme.

— Je ne vous veux aucun mal, au contraire. J'ai été touchée par vos mots.

— Qui vous envoie ? Le hasard ? lance agressivement la femme.

— Personne ne m'envoie et personne ne sait que je suis là. Laissez-moi vous expliquer, on peut aller boire un café et après…

La femme se lève, attrape son sac à dos et se dirige vers la sortie.

— Laissez-moi tranquille.

Mais Juliette lui emboite le pas, lui raconte sa folle épopée de la veille. La femme accélère, l'ignore, reste muette devant son afflux de mots. Les passants s'accumulent et l'obligent parfois à se rabattre. Mais elle ne lâche pas, il faut qu'elle aide cette femme. Juliette l'inonde de paroles, d'anecdotes qui ne peuvent intéresser qu'elle-même. Elle sait instinctivement que son attitude est folle, inquiétante, mais elle ne parvient pas à renoncer à sa mission, la perd au milieu des passants, la retrouve, pense l'agripper cette fois mais la femme continue de s'échapper comme une bouée que les vagues éloignent un peu plus. Juliette s'épuise, c'est elle la naufragée, perdue dans sa vie si calme. Elle s'arrête, des gens la bousculent, l'insultent. Une femme la prend par le bras pour la guider sur le côté du trottoir, lui demande si elle va bien. « Oui merci » répond mollement Juliette qui repart vers le square comme une automate. Le banc occupé plus tôt par la femme est resté libre. Elle s'assoit lourdement regardant le sol poussiéreux, durci par les milliers de pieds qui l'ont foulé. S'enveloppant un peu plus dans son châle, malgré la douceur de l'air, Juliette a la tête qui résonne de mille questions assourdissantes.

Mais qu'est ce qui la pousse ? Elle ne se reconnait pas. Qui la prend par la main pour oser tout cela ? Qu'on la laisse tranquille ! Apres tout elle vit plutôt bien : un boulot qui lui plait, des collègues sympas, une vie calme après ses années d'enfance trop agitées entre les conflits de ses parents et ceux de sa mère avec Mamie. Mamie, son image l'inonde soudain, cela fait trois mois que sa grand-mère a disparu. Elle lui manque, beaucoup trop. Désormais plus d'escapade en province pour lui raconter ses petites histoires, celles de l'agence ou de son immeuble. *« Et ta collègue Madeleine, toujours avec son mari ? Et la petite Sophia, ça lui fait combien à son marmot ? »* Maintenant elle a découvert l'ennui, elle ne relit même plus les bons mots notés dans son carnet. Quel intérêt ? Pour qui ? Avec sa mère, même si leurs rapports sont apaisés, ce n'est pas pareil. Elle ne connait pas les détails de sa vie. Ses questions sont trop larges : tu vas bien et ton boulot ?

Non, Juliette veut sa Mamie pour lui raconter sa course dans Paris, la recherche de cette femme, ce qu'elle a osé faire ! Mamie n'en reviendrait pas. Elle dirait : « Toi si raisonnable ! Tu me fais peur tu prends trop de risques mon pétit ».

De grosses larmes glissent sur ses joues, c'est la première fois depuis sa disparition. Le manque ressenti s'enfonce comme un uppercut dans l'estomac. L'intensité de la douleur lui donne la nausée. Juliette se mouche un grand coup pour chasser toutes ses idées. Elle est sonnée, fatiguée, elle s'achètera une grosse viennoiserie avant de retourner au travail. Elle a toujours fait ça pour apaiser ses moments d'inquiétude. D'ailleurs il est temps de se lever du banc. Que de monde autour d'elle ! Les bruits des conversations et des cris d'enfants l'enveloppent soudainement. La vie joue des coudes pour montrer qu'elle n'est pas morte pour tout le monde.

— Je veux bien un café

La femme est revenue et lui fait face.

Rafi

— Bonjour Madame, je cherche un appartement à acheter pour un prix maximum de 500000 francs et…

— Bonjour Monsieur, l'interrompt Madeleine, installez-vous. Pouvez-vous remplir cette fiche qui me permettra d'affiner votre demande ?

— Vous ne pouvez pas déjà me dire ce que je peux acheter avec cette somme ? Le ton de l'homme est affirmé pour ne pas dire agressif.

— Pour vous répondre, je dois connaitre des informations précises : taille du logement, étages, commodités, quartiers, récite presque machinalement Madeleine.

— Mais moi je vous donne un prix et vous me dites ce que je peux espérer avec, s'énerve le client.

— Nous ne procédons pas comme cela. Si vous voulez des renseignements sérieux, je vous demanderai de vous conformer à ma demande. Madeleine tente de garder son calme mais son ton est sec.

L'homme se radoucit.

— C'est une amie qui m'a donné votre adresse, ajoute-t-il en sortant la carte de l'agence. Elle m'a dit que vous lui aviez conseillé un logement à louer. Salma Serty ? Ça vous dit quelque chose ?

— Vous savez, nous recevons beaucoup de monde et de toute façon, nous avons un devoir de discrétion.

— Vous pensez que j'enquête sur elle ? L'homme rapproche sa chaise et la fusille du regard.

— Non mais vous-même n'aimeriez pas que quelqu'un nous questionne sur l'objet de votre visite. Madeleine bout intérieurement et sait que cela se voit.

— Je n'ai rien à cacher, vous avez une drôle de façon de recevoir les gens. L'homme tape du poing sur le bureau.

— Je ne vous permets pas Monsieur, à aucun moment je ne vous ai manqué de respect. Cette fois Madeleine appuie ses mains sur le bureau et se penche vers lui.

Le client nullement impressionné enchaine

— C'est pas vos paroles, c'est votre attitude, vous êtes raciste ?

— Vous allez trop loin. Notre entretien va s'arrêter là, je vous prie de quitter l'agence.

Et Madeleine se lève pour clore toute protestation. L'homme marmonne dans une langue étrangère, se lève à son tour, lourd de toute son agressivité tant dans le regard que dans la posture. Madeleine n'en mène pas large mais garde son sang-froid. Ce n'est pas le premier client désagréable. Il franchit enfin le pas de porte sans un mot. Ouf ! Bon débarras.

Sur ces entrefaites Juliette arrive, essoufflée d'avoir couru après sa rencontre avec Salma. L'homme la regarde, fronce les sourcils mais ne semble pas l'avoir reconnue. Mais elle, si. C'est le patron de l'épicerie où travaillait Salma. Juliette a les jambes coupées.

— Ça va Madeleine ? Tu es toute blanche ? s'empresse-t-elle de demander pour ne pas être interrogée sur son retard.

— Toi aussi. Quelle tête ! On était tous inquiets ce matin ! Tu parles d'un message, « je ne serai pas joignable… ». Qu'est ce qui t'arrive ?

— Rien, rien…, je t'en parlerai plus tard. Alors, tu ne mas pas répondu, qu'est ce qui se passe ? Tu as vraiment mauvaise mine !

— C'est ce type que tu as croisé, il m'a traité de raciste. Il voulait le prix d'un appart sans me préciser ses critères. Il venait de la part d'une femme qui serait passée nous voir pour une location. Tu parles ! il me demandait si je me souvenais d'elle.

Pour cacher son trouble Juliette s'engouffre dans son bureau en marmonnant : « Ah les clients ! Ils ne sont pas toujours drôles ! » A peine installée à son poste, au bord du malaise, elle entend soudain Madeleine soupirer :

— Ah non, revoilà le type !

— T'inquiète, répond son collègue Ludo, je vais le recevoir.

Juliette se lève brusquement pour se cacher derrière le mur. L'homme s'approche de Madeleine, l'air embarrassé.

— Excusez-moi pour tout à l'heure, je venais de me faire insulter dans la rue et c'est vous qui avez pris. Je vous demande de bien vouloir me pardonner.

— J'accepte vos excuses, répond poliment Madeleine mais elle ne va certainement pas lui demander s'il maintient sa recherche de logement !

— Et bien dans ce cas, je peux repartir en paix.

Etrangement ce grand bonhomme semble se satisfaire de ce court échange car après l'avoir saluée, il tourne les talons et franchit la porte. Presqu'un pied dans la rue, il fait volte-face et lui demande :

— La jeune femme que j'ai croisée tout à l'heure avec un chapeau, travaille chez vous ?

— Quelle femme ? chevrote Madeleine qui sait que l'homme parle de Juliette.

— La réponse est oui n'est-ce pas ?

Et avant que Madeleine ne puisse rétorquer, dans un sourire ironique il lâche :

— Au revoir et merci pour le renseignement !

La porte se referme. Juliette est livide.

****

Madeleine fonce dans le bureau de Juliette après avoir refermé la porte.

— Tu le connais ce type ? Cà a un rapport avec ton retard ?

— Ecoute Madeleine, moins tu en sauras, mieux ce sera.

— Alors on est plus amies ! Tu n' me fais plus confiance ?

— Tu sais très bien que si, mais là je ne veux pas que tu aies des ennuis

— Mais moi je m'inquiète, ce type me parait très agressif, quel rapport avec toi ? C'est à cause de la location de son amie ? Y a eu un problème ?

— Non tu fais fausse route, je ne peux pas te dire, je vais m'en débrouiller, t'inquiète.

— Mais si, je m'inquiète. Quand je vois ta tête je sens que c'est grave.

— Non vraiment, je ne peux pas t'en parler.

— Comme tu voudras Juliette, mais je ne te lâcherai pas.

Salma

Salma est là, seule dans ce minuscule logement, assise comme une excuse sur la petite chaise accolée au mur, à droite de la fenêtre, place proposée par Juliette ce matin pour partager un thé. Cette femme apparue devant elle au parc ne l'a pas effrayée longtemps, quoi que… son obstination à la suivre… Son chapeau un peu désuet, son regard franc, ses mots sincères ne pouvaient appartenir à une « espionne » envoyée par l'Autre, deux mondes trop différents. Au café, elle était apparue telle une sœur, une mère, paroles apaisantes, enveloppantes. Puis plus tard invitée dans son logement, elle lui avait offert un accueil simple : vous êtes chez vous, si vous voulez manger il y a des pâtes et du fromage, je reviens vers 18 heures. Instant présent, pas de fausses promesses pour l'après.

Salma savoure ce moment de répit tout en se demandant ce qu'elle fait là. Pourquoi cette femme a subitement voulu l'aider, elle n'est pas la première à se faire refouler par l'agence ? Son histoire de grands-parents à la fin de la guerre n'a rien à voir avec sa situation ! Pourtant elle est sûre que Juliette n'a pas menti. Pourquoi vouloir toujours chercher une explication rationnelle. Salma croit profondément en l'être humain, à sa solidarité quand il est touché en plein cœur.

Alors elle choisit de s'asseoir confortablement dans un petit fauteuil en rotin aux coussins moelleux, enlace ses genoux et pose sa tête sur l'accoudoir, se laisse porter, sait qu'il s'agit d'une parenthèse qui lui permet de se reposer après cette affreuse nuit.

Etrangement ce matin, avant de rencontrer Juliette, elle s'était sentie confiante, prête à quitter un long chemin chaotique pour une nouvelle voie moins cabossée. Pourtant la rue l'attendait, gueule ouverte salivant déjà sa déchéance. Alors pourquoi ce pressentiment de changement ? L'instinct ? Salma n'est jamais sourde à ses appels intérieurs.

Depuis son arrivée en France, c'est la première fois qu'elle décide vraiment de son destin. Plus de gens pour lui dire, vous allez là puis là. Même pour le travail à l'épicerie, elle n'avait pas vraiment choisi, être à la rue ou vivre sous le toit d'un inconnu. Avec le recul, elle se dit que la pression de son frère avait été très forte

Elle a quitté l'épicerie comme elle a quitté son pays sans savoir ce qui l'attendrait après.

Le danger au pays était réel pas comme maintenant où elle est la seule concernée. Son pays, si cher à son cœur et pourtant elle l'a fui, pas un véritable choix non plus. Partie pour protéger sa famille, effacer les menaces de mort barbouillées sur la maison familiale, stopper les intimidations auprès de ses petites cousines. Et puis l'arrestation de son frère, deux jours sans nouvelles, sans savoir si elle le reverrait. Et puis le miracle, sa libération, il n'y aurait pas deux fois une telle chance. Alors Salim est parti pour la Norvège… et son arrestation à elle… et sa fuite pour la France.

Juliette et Salma

— La journée a dû vous paraître longue

— Non j'ai un peu dormi

Juliette regarde autour d'elle, le canapé lit n'a pas un pli, les coussins bombent leur torse.

Salma aperçoit son regard

— J'ai dormi dans le fauteuil.

Juliette fait une mimique pour lui signifier qu'elle a eu tort de se gêner. Comment lui dire ce qu'il s'est passé à l'agence ? D'ailleurs elle va sûrement lui cacher cet épisode. Elle est déjà tellement sur ses gardes. Ce matin Juliette a eu beaucoup de difficultés à la convaincre de se poser la journée dans son logement. D'un autre coté comment ce type connaissait la visite de Salma à l'agence ? Quel jeu joue-t-elle ?

Salma se lève :

— Merci pour ce que vous avez fait pour moi, je vais y aller.

— Mais vous savez où dormir ?

— Non mais de toute façon vous n'avez pas la place, je préfère chercher avant la nuit.

— S’il vous plait, laissez-moi tenter quelque chose, je ne serai pas longue. Pour cette nuit on peut s’arranger, j’ai un petit matelas pour les amis de passage.

En fait Juliette se dit que c’est la première fois qu’une personne dormira chez elle.

— Vous allez demander à quelqu’un ? Le regard de Salma se durcit.

— Oui mais…

— Non je ne veux pas, l’interrompt brusquement Salma. Je vous ai fait confiance à vous, pas à quelqu’un d’autre et puis pourquoi voulez-vous m’aider ? Je ne vous ai rien demandé. Je n’aime pas la pitié. Ses longs cheveux noirs recouvrent ses épaules après un mouvement de tête qui ponctue sa dernière phrase.

Juliette fait un geste vers Salma pour l’apaiser puis baisse le regard se reprochant d’avoir pu un instant douter de cette femme. Elle se dit que Salma a raison, que tout ça n’a pas de sens, qu’à sa place elle réagirait pareil. D’ailleurs elle n’aurait jamais suivi une inconnue chez elle. Il faut sûrement être vraiment désespérée. Juliette lit de la fierté dans les paroles de Salma. Comment l’aider sans lui donner l’impression de pitié. ? Comment lui demander sa confiance et lui cacher l’épisode de l’homme qui est sur sa piste ?

Salma est debout, la main sur la poignée. Juliette s’est assise, le cerveau encombré de toutes ses pensées.

A voix basse, Juliette parvient seulement à dire :

— Je n’ai pas pitié de vous, mais de moi, de ma petite vie si tranquille, si rangée ou rien ne dépasse. Pauvre petite fille même pas riche ! Vous avez raison de ne pas me faire confiance, vous m’avez crue généreuse et en fait c'est sûrement pour moi que je fais tout cela. J'allais même vous cacher que tout à l'heure votre patron est passé à l'agence pour demander des renseignements sur vous.

— Mais comment ça ?

La voix de Salma transpire l'angoisse. Juliette n'ose pas la regarder.

— Il est soit disant venu de votre part pour acheter un appartement à Paris. Il avait une carte de l'agence.

— Oh non ! j'ai dû l'oublier dans un tiroir !

— Et manque de chance je l'ai croisé au moment où j'arrivais et où il quittait l'agence. Il ne m'a pas reconnue tout de suite mais deux minutes plus tard il est revenu pour demander à ma collègue si je travaillais là. Elle a dit non mais il n'a pas dû la croire.

— Il sait maintenant où je suis alors... Le regard de Salma fait le tour de la pièce comme pour trouver une issue.

— Non, ce soir j'ai quitté mon bureau par l'arrière de l'agence et ma collègue Madeleine a surveillé, il n'était pas là. Juliette a une voix qui se veut apaisante.

— Oui mais un autre jour il vous suivra, vous ne le connaissez pas ! Je dois vraiment partir maintenant. Il va me retrouver si je reste là. Salma se radoucit. Et puis je ne veux pas qu'il s'en prenne aussi à vous.

Juliette

Apres discussion, Salma a finalement lâché un petit oui pour tenter quelque chose. Juliette dévale les escaliers et frappe à la conciergerie. Gilbert Carreau entrouvre la porte. Son sourire s'élargit quand il la reconnait puis s'efface devant la gravité de son regard.

— Bonjour Monsieur Carreau. Juliette se triture les mains, ses articulations craquent.

— Entrez Juliette. Cette fois le concierge ne fait pas d'humour, il lit la bataille des pensées dans les yeux de la jeune femme. On va pas rester dans la loge, suivez-moi.

Juliette est touchée une nouvelle fois par la gentillesse de cet homme qui l'invite dans son chez-soi, celui qui n'est pas accessible aux locataires. La pièce est encombrée de jolis meubles d'époque posés sur des tapis anciens. Le concierge lui indique l'endroit où se poser et s'installe face à elle. Visiblement Madame Carreau est occupée à l'extérieur.

— Je vous écoute Juliette, vous m'avez l'air dans le pétrin.

Juliette tremble, elle ne veut pas pleurer une nouvelle fois devant lui.

— Je ne sais pas comment vous demander cela.

— Le plus simplement possible.

— Je dois dépanner une personne quelques jours… en attendant… Alors j'ai pensé à votre chambre de bonne…

Gilbert reste silencieux, soupire, se gratte le crâne.

— Je comprends, dit Juliette, cette chambre est un sanctuaire pour vous et…

Le concierge la coupe

— C'est que votre amie doit être sacrément dans la mouise pour que vous me demandiez çà !

Juliette baisse la tête, ne parvient pas à soutenir son regard.

— Oui mais ce n'est même pas mon amie.

— Alors c'est encore plus grave.

Juliette regarde maintenant cet homme si calme qui réfléchit à voix haute et analyse la situation sans l'assaillir de questions. Sur son fauteuil Gilbert Carreau lui apparait presque comme un sage.

— Juliette, puisque vous savez ce que représente cette chambre, je suis prêt à tout entendre. Et il s'enfonce dans son fauteuil, les mains posées sur les accoudoirs.

Juliette est assise au bord de son siège, s'agite et tarde à commencer son récit. Elle sait qu'en racontant la vérité, femme sans papier, sans logement, poursuivie par un fou furieux, elle n'aura aucune chance d'obtenir un accord. Pourtant l'idée de mentir, travestir la réalité ne l'effleure pas. On ne peut trahir le fils d'un Juste car ce serait trahir la mémoire de cette famille qui a occupé la chambre. Alors Juliette se lance et lui raconte tout depuis le début, Salma à l'agence, la femme morte d'avoir fricoté avec l'ennemi, la lâcheté de ses grands-parents, son récit à lui Gilbert Carreau dans la chambre de bonne, son énergie à elle pour retrouver cette femme, poussée par… elle ne sait quoi.

Elle lui raconte même la scène du matin, l'homme à l'agence qui l'a reconnue.

Le concierge ne l'a pas interrompue et Juliette a tout lâché le regard tourné vers l'intérieur, revivant ce film qui n'en est pas un.

— Et elle est où en attendant ?

— Chez moi.

— Elle sait que le type est sur sa piste ?

— Oui et elle veut partir.

— Je peux la voir ?

Juliette, Salma et…

Juliette entre dans son logement suivi du concierge.

— Salma je vous présente Monsieur Carreau dont je vous ai parlé.

Salma se lève furieuse

— Bonjour Monsieur,

Puis elle s'adresse à Juliette :

— Ce n'est pas ce qui était convenu ! Vous m'avez trahie.

Salma attrape son manteau et sur un ton aigu imite les paroles de Juliette avant qu'elle ne descende à la loge, « … j'en parle à Monsieur Carreau mais je ne dis pas pour le moment que vous êtes ici. C'est vous seule qui prendrez une décision… ». Je n'aurais pas dû vous écouter.

Le concierge silencieux pose un regard doux sur Juliette restée muette, puis sur Salma qui crache son dépit. Il sent le désespoir et la lassitude peser sur cette femme. Gilbert Carreau se dit qu'il ne sert à rien de justifier une trahison quand l'autre est pris dans les filets de la colère resserrés par la peur. Il se contente d'observer la jeune femme qui boutonne rageusement son manteau et balance son sac à dos sur une épaule.

Puis quand le flot de paroles se calme, il s'approche et lui murmure :

— Parfois il faut prendre le risque de trahir sa parole pour sauver quelqu'un. Juliette est une femme de cœur et moi je suis un vieux bonhomme qui peut peut-être vous rendre service.

— Vous voulez me proposer quoi ? Un toit pour quelques jours ? Et après ? Je n'en peux plus, c'est trop dur, le temps passe et je ne construis rien. Il a gagné, je vais retourner chez lui, il aura ce qu'il veut et moi j'aurai un boulot et un toit.

Le concierge se rapproche de Salma, le doigt levé.

— Ne perdez jamais votre liberté, elle est trop précieuse. Vous n'avez pas la tête d'une femme qui va se laisser dicter sa vie par un sale type. J'ai le pif pour sentir ça. Vous dites que vous n'avez rien construit ? Mais pour arriver de votre pays jusqu'ici ça ne vous est pas tombé tout cru ? Enfin j'imagine ! Vous avez les fondations, y manque plus que le toit et les murs. Croyez-moi ça viendra mais faut continuer de se battre.

Juliette regarde Salma qui a laissé parler le concierge. Sa connaissance du français lui permet-elle de tout saisir ? Mais Salma réagit :

— C'est facile de dire çà quand on est français. Personne ne peut vous renvoyer dans un pays qui massacre ses habitants.

— C'est vrai ! Mais on peut aussi se battre contre soi-même, contre une maladie qui vous torture de l'intérieur. Et si on baisse les bras, la mort vous attend aussi.

Juliette n'ose pas lui demander s'il parle de lui ou de quelqu'un d'autre. Après ces mots, Gilbert Carreau s'est assis semblant épuisé. Chacun reste dans ses pensées, dans un long silence presque de recueillement, pas de gêne perceptible, juste un repos, une pause pour que chacun retrouve son souffle, ce souffle si précieux pour continuer à affronter cette chienne de vie qu'on tient pourtant en laisse de peur de la perdre.

Salma a posé son sac à ses pieds, s'approche de Juliette, lui prend les mains en marquant une légère pression. Juliette se dresse à son tour face à la jeune femme qui plonge son regard dans le sien. Toute l'émotion transfusée par ce geste suffit à rassurer Juliette du bienfondé de sa démarche.

Le concierge quitte sa chaise et pose à son tour ses deux mains en parenthèse sur les épaules des deux femmes puis se dirige vers la porte en lâchant :

— Je dois parler de tout ça avec Madame Carreau, elle doit être rentrée. Je remonte dans une heure.

****

— Toc, toc, toc,

Juliette occupée à laver la vaisselle s'essuie les mains sur un tablier à carreaux vichy et se dirige vers la porte. Mais pour plus de sureté, elle demande avant d'ouvrir :

— Qui est-ce ?

— Gilbert et Huguette Carreau pardi !

La voix est sûre, l'épicier ne doit pas être derrière eux à les menacer, alors Juliette ouvre et invite le couple à entrer.

— On va définir un code si vous voulez, je ne peux pas crier mon nom dans le couloir sans que les voisins entendent ! bougonne le concierge.

— Ah désolée je n'y avais pas pensé, je voulais être sûre, on ne sait jamais…

— Oui c'est vrai, vous avez raison.

Huguette se tient derrière son mari, toute timide, vêtue d'une jolie robe rose pâle, assortie à des boucles d'oreilles en nacre. Sa tenue soignée tranche avec la grosse veste du concierge usée aux coudes. Elle salue Juliette et tend la main vers Salma. Son mari fait les présentations.

— Huguette ma femme, vous pouvez lui faire confiance, elle est toujours là quand il faut aider.

Son ton bourru est adouci par la caresse de son regard complice.

Juliette sort deux tabourets empilés sous l'évier, en propose un à Salma, s'assoit sur l'autre et installe les concierges sur les petits fauteuils en rotin.

Apres avoir salué la concierge, Salma lui demande :

— Votre mari vous a raconté ma situation ?

— Oui. Ça ne doit pas être facile Mademoiselle, constate simplement Madame Carreau en hochant la tête.

Salma acquiesce d'un mouvement de cils, touchée par la compassion de cette femme qui ne la connait pas.

— Appelez-moi Salma, puis elle regarde le couple assis côte à côte. Juliette est très gentille et veut absolument m'aider mais je ne veux pas vous mettre dans les ennuis. Vous savez que je n'ai pas de papiers, pas le droit de travailler, que mon ancien patron cherche à me retrouver et que…

Huguette Carreau interrompt l'inventaire des obstacles alignés par la jeune femme

— Vous savez, si Juliette est venue nous demander de l'aide, ça nous suffit pour savoir qu'on peut vous faire confiance.

Juliette est très émue par les paroles d'une personne qu'elle ne connait pas intimement. Salma porte une main sur son cœur pour leur témoigner sa gratitude.

— Bon, intervient Gilbert Carreau, il faut qu'on avance, la situation est sérieuse, on doit s'organiser. Déjà votre bonhomme il est comment, qu'on le reconnaisse s'il se pointe ?

— Grand, avec de la barbe.

— Des comme ça y en a pleins, il n'a pas un truc particulier ?

— Non je ne vois pas.

Huguette Carreau vient au secours de Salma,

— Un vêtement qu'il porte toujours ? un chapeau ? un bijou ?

— Une dent en or sur le côté mais que l'on voit surtout quand il sourit.

— C'est sûr qu'il va pas trop rigoler quand il viendra pour savoir où vous êtes ! rétorque le concierge.

— Gilbert, tu veux l'effrayer !

— Mais Huguette, ce n'est pas une petite affaire, il faut vraiment penser à tout. Faut trouver autre chose.

— Si je peux me permettre, intervient Juliette, ce qui frappe au premier abord c'est sa voix fluette qui ne correspond pas à sa carrure.

— C'est vrai, dit Salma, je me suis habituée, mais la première fois qu'il m'a parlé, ça m'a surpris aussi.

— Bien, reprend Gilbert Carreau et il s'appelle comment ?

D'un geste d'agacement, sa femme s'empresse d'intervenir.

— Tu crois Gilbert qu'il va te donner son vrai nom ?

— Et pourquoi pas ? Ce n'est pas lui qui se cache !

Leurs petits accrochages permettent d'alléger un peu la tension ambiante.

— Bon, dites toujours, reprend Huguette

— Rafi Tramoun, articule difficilement Salma.

Un silence suit comme si le fait de nommer l'Autre, celui que tout le monde craint, le faisait entrer dans la pièce… le loup dans la bergerie.

Le plus prompt à réagir est Gilbert Carreau, toujours avec son sens pratique :

— Vous Juliette il faut vous préparer à affronter cet homme. Il va revenir à votre travail pour vous poser des questions. Il ne faut pas cacher que Salma est venue à l'agence pour chercher un logement. Mais comment vous allez lui expliquer votre visite à l'épicerie ?

— Peut-être que je peux dire qu'après la venue de Salma, un foyer nous a appelé pour savoir si nous connaissions des gens sans abris et que nous avons pensé à elle.

Madame Carreau fait une moue dubitative

— Non, les foyers manquent de places, ils ne vont pas faire de la pub en plus !

— Par contre ce qui est vrai c'est que régulièrement nous recevons des infos sur les organismes sociaux qui aident les mal-logés. Je peux dire que j'ai oublié de donner les coordonnées à Salma et que je suis allée sur son lieu de travail pour rattraper mon erreur.

Cette fois c'est Salma qui intervient en secouant ses boucles.

— Non, personne ne fait ça ! Même les services sociaux. Lui aussi est passé par la galère d'obtenir un logement, il n'y croira pas.

— C'est vrai que c'est tiré par les cheveux, commente le concierge. Non Salma, vous avez oublié un papier important à l'agence et Juliette l'a rapporté sur votre lieu de travail.

— Oui mais pourquoi Juliette aurait menti en disant qu'elle cherchait un emploi ?

Juliette sourit, sûre d'avoir trouvé la réponse

— Parce que je ne savais pas si vous lui aviez raconté vos histoires…

Mais Salma n'est pas convaincue

— C'est trop dangereux tout ça, il n'y croira pas ! il est malin.

Gilbert Carreau sent le découragement de Salma, craint qu'elle décide de repartir et reprend la parole.

— Ce n'est pas la meilleure explication mais on ne trouvera pas mieux ce soir. Salma, nous ne l'avons pas encore dit, mais vous aurez compris que nous sommes d'accord pour vous loger dans la petite chambre de bonne.

— Oui mais… que quelques jours… le temps de… d'ailleurs je peux vous payer.

— Je ne veux pas d'argent, j'ai fait la promesse de ne jamais louer cette chambre. Le concierge emploie un ton solennel.

— Alors pourquoi vous acceptez que j'y dorme ? s'étonne Salma.

— C'est seulement un dépannage. C'est à moi que vous faites plaisir en saluant la mémoire de mon père.

Son regard croise celui de Juliette qui d'un signe lui confirme qu'elle n'a pas trahi sa confiance. Salma ne pose pas d'autres questions car elle sent un courant d'émotion circuler dans la pièce.

Huguette Carreau, d'une voix timide rompt le silence

— Salma, j'ai fait la chambre avant de monter chez Juliette, au cas où. Vous verrez, vous avez de quoi grignoter et vous faire une boisson chaude.

— Merci, vous êtes… Salma éclate en sanglots, on n'a pas pris soin d'elle depuis si longtemps, depuis… elle tente de se souvenir, depuis Léna.

Gilbert et Huguette Carreau se lèvent pour apaiser le flot de larmes de la jeune femme. Tous deux sont très émus et s'aperçoivent que Juliette est aussi en pleurs. Comme d'habitude c'est le concierge qui réagit le premier.

— Bon il est tard, on est tous fatigués. Juliette voici la clé, vous vous rappelez où se trouve la chambre ?

— Oui bien sûr.

— Alors merci d'accompagner Salma, nous on va aller se coucher.

Au moment de prendre congé, Huguette Carreau ne peut s'empêcher de préciser à Salma

— Vous inquiétez pas, là-haut vous serez tranquille, les autres chambres servent de débarras. Il y a quand même des toilettes qui fonctionnent sur le palier et…

Son mari la tire par le bras l'invitant à franchir le seuil

— Tu lui expliqueras le reste demain

— Mais c'est important qu'elle se sente bien.

Salma interrompt les petits accrochages du couple

— Ça va aller, merci encore.

— Je monterai vous voir demain, la rassure Huguette

— Surtout restez dans votre chambre pour le moment, recommande Gilbert.

Et sur cette petite phrase qui ramène tout le monde à la gravité de la situation, chacun se souhaite une bonne nuit et se dit à demain.

Juliette et Madeleine

— Tu n'en veux plus ?

— Non, prends-les si tu veux.

Madeleine engloutit les frites au rythme des paroles que déverse Juliette. Son air halluciné atteste qu'elle ne reconnait pas son amie. Aujourd'hui les rôles sont inversés, la bavarde a cédé la place à la taiseuse. Juliette est lancée, elle a besoin de tout dire, les lieux, les heures, ses pensées, ses doutes, ses insomnies, tout. Quand elle s'arrête enfin, elle est saoule, étonnée d'avoir parlé si longtemps, elle qui se contente souvent de glisser quelques paroles.

— Alors maintenant tu vas me dire vraiment ce qui s'est passé, c'est qui cette Salma pour toi ? demande Madeleine les yeux rivés sur ceux de Juliette.

— Mais ce que je t'ai dit, une inconnue.

— Juliette, j'ai bien compris que tu t'étais fourrée dans une drôle de situation mais quand même ! Toi qui as peur d'une mouche, qui es si raisonnable, tu veux que je croie ton histoire ?

— Je sais que c'est fou, même moi je n'y croirais pas mais pourtant c'est vrai. Tu penses que je pourrais te mentir ? Juliette est au bord des larmes.

— Alors c'est vraiment vrai ?

Leurs regards s'accrochent. En gros plan Juliette voit le visage de son amie se transformer. Les rides de son front disparaissent pour dessiner deux fossettes qui se creusent au fur et à mesure que sa bouche s'étire puis le rire emporte Madeleine toute entière, projette son corps d'avant en arrière. Pour tenter de se calmer elle colle sa serviette sur sa figure mais son rire ne demande qu'à se répandre et enfle chaque fois qu'elle soulève ce bâillon pour regarder Juliette.

Au départ Juliette un peu agacée esquisse un sourire puis se laisse emporter par l'hystérie de son amie. Leur table devient un ilot secoué par leurs vagues de larmes et leurs cris de mouettes. La patronne de la brasserie qu'elles connaissent bien leur fait signe de regagner des eaux plus calmes.

— Ouf ça fait du bien, dit Madeleine quand elle parvient à retrouver son souffle.

— Oui, se reprend Juliette, tu m'as fait relâcher la pression. Si je comprends bien, d'habitude je suis plutôt tarte.

— Mais pas du tout, raisonnable ne veut pas dire…

Le sourire de Juliette éclaire Madeleine qui comprend que son amie la taquine.

— Non mais là quand même, tu as dépassé le pire scénario.

— Je n'ai pas réfléchi, j'ai foncé. Depuis le décès de ma grand-mère, tu sais, plus rien n'est grave pour moi. Juliette sent les larmes lécher ses cils.

Madeleine retrouve rapidement son sérieux et tend une main vers Juliette.

— C’est vrai que tu es plutôt tristoune et moi je n’ai pas vraiment été présente avec les histoires de mon homme.

— Mais non. Juliette regarde avec tendresse Madeleine. Je sais que tu es mon amie et que je peux compter sur toi, la preuve, tu es la seule à qui j’ai raconté cette histoire.

— Tu vas faire quoi maintenant ?

— Ça, je ne sais pas, ça dépendra de Salma.

— J’ai peur pour toi, ce type n’a pas l’air commode

Salma

Trois petits coups discrets suivis d'un autre plus fort. C'est bien le code. Salma se lève pour déverrouiller la porte. Depuis une semaine elle est rodée au rituel matinal de la visite de Madame Carreau. Apres lui avoir déposé un repas chaud dans une gamelle isotherme, la concierge s'assoit et lui présente ses livres fétiches dont elle a souligné quelques passages. Pour chaque ouvrage, elle a pris le temps d'écrire un petit résumé avec des mots simples. Un peu gênée, la concierge s'est presque excusée en lui disant « c'est pour vous permettre de mieux comprendre le morceau choisi ». Salma l'a remerciée, très touchée de son attention qui lui permet de découvrir un panel plus large de la littérature française sans avoir à déchiffrer péniblement chaque roman. Hier Huguette Carreau lui a prêté un recueil de poésie de Prévert, elle a aimé la simplicité des phrases mais n'a pas toujours compris le sens. Salma va lui demander de l'éclairer.

— Ah c'est vous ce matin ? La figure de Monsieur Carreau apparait.

— Hé oui désolé, Huguette est mal fichue, elle a des vertiges.

— Oh la pauvre, mais je suis quand même contente de vous voir. Entrez, entrez.

Monsieur Carreau s'avance, referme la porte mais fait signe qu'il n'a pas le temps de s'asseoir. Toutefois il reste planté sous la lucarne et entame la conversation :

— On ne s'est pas revu depuis chez Juliette. Faut dire que quand Madame Carreau vient vous voir, je reste à la loge, faut toujours avoir l'œil, on ne sait jamais !

— Merci, vous vous donnez beaucoup de mal pour moi.

— Vous tracassez pas et puis ma femme est toute contente d'avoir trouvé quelqu'un qu'aime la lecture comme elle.

— Ah oui j'apprends beaucoup.

— Ah mais c'est que j'ai épousé une intellectuelle !

Salma sourit, Monsieur Carreau se redresse quand il parle de sa femme et ses yeux pétillent de fierté.

— Alors, pas trop dur d'être enfermée ?

— Si, je réfléchis beaucoup, je suis inquiète pour la suite, pour mes papiers. Au fait ça a été pour mon changement d'adresse ? La croix rouge a accepté de recevoir mon courrier ?

— Oui, oui, Huguette a porté votre demande. Mais ils ont dit que personne ne pourra prendre vos lettres à votre place. Vous serez obligée d'y aller.

— De toute façon il faudra bien que je sorte. Juliette m'a dit qu'il n'était pas revenu à l'agence. S'il pouvait abandonner ses recherches, Salma soupire, je n'y crois pas trop mais…

— Tenez, ma femme m'a donné ça pour vous, un bon veau au curry et un article sur votre pays, je l'ai lu. Monsieur Carreau secoue une main. Vous êtes mieux ici !

Salma le regarde étonnée

— Non mais je m'exprime mal, se justifie Monsieur Carreau en se grattant le crâne, je voulais dire que vous êtes pas en danger ici. Huguette m'a dit qu'en plus vous étiez journaliste là-bas.

— Oui j'avais deux activités. J'écrivais des articles dans un journal, et des histoires pour les petits dans un magazine.

— Vous étiez aussi un peu écrivain alors ?

— Ecrivain ? Salma fronce les sourcils. Oui, c'est vrai que j'avais du succès avec mes petites histoires. Mais j'ai dû arrêter, ils m'ont accusée d'incitation à la révolte dans mes contes.

— Dans un conte pour enfant ?

Monsieur Carreau sourit. Mais Salma répond gravement

— Oui une histoire de champignon qui refusait d'être écrasé par un promeneur. Le regard de Salma semble parti très loin.

— Vous êtes un peu le La Fontaine de votre pays ? interroge le concierge très sérieusement.

— Je ne comprends pas ? Salma a perdu le fil de leur conversation.

— L'écrivain Jean de La Fontaine de je ne sais plus quel siècle ! Il faisait parler des animaux à la place des hommes pour se moquer d'eux. Faudra qu'Huguette vous montre ça.

— Ah oui, avec plaisir. Salma sent que Monsieur Carreau cherche à lui redonner le sourire. L'écriture me manque.

— Eh bien, pourquoi vous n'écrivez pas des choses sur votre vie ?

— Parlez de moi ? Je ne vois pas vraiment l'intérêt.

— Mais parler de vous c'est parler de tous ceux qui fuient leur pays et qui galèrent pour s'en sortir.

Salma regarde Monsieur Carreau, cet homme est surprenant, il passe subitement de sujets légers à d'autres plus graves. Elle l'envie, ce devrait être ça sa vie, un équilibre entre les deux.

— Oui vous avez peut-être raison ! je pourrais aussi continuer d'écrire des histoires mais je manque d'énergie. Salma baisse un bras dans un geste de lassitude. Ça m'occuperait, plutôt que d'être allongée à lire ou à regarder le plafond. A propos, j'ai découvert une drôle de chose sur la poutre centrale. Il y a une écriture sur le dessus.

Monsieur Carreau s'approche de l'endroit pointé par le doigt de Salma.

— Comment ça sur le dessus ?

— Eh bien, j'ai grimpé sur une chaise pour regarder de plus près les encoches gravées sur le côté de la poutre.

— Ah bon ça vous intéresse ? Le concierge écarquille les yeux et se gratte de nouveau le crâne.

— Oui ça m'a rappelé quand mon père aidait un voisin à monter une charpente, il marquait les poutres avec un grand clou pour se rappeler comment les assembler. Et en m'approchant, j'ai aperçu sur le dessus, quelque chose de gravé mais je n'ai pas pu vraiment voir, c'est trop haut. C'est sûrement quelqu'un qui s'est amusé à écrire sur la poutre avant qu'elle ne soit posée.

Monsieur Carreau reste inexpressif, le regard vissé sur la poutre.

— Mais ça ne va pas Monsieur Carreau ?

Le concierge est si pâle que Salma l'aide à s'allonger sur le lit. Immobile, dans un silence religieux, les yeux rivés au plafond, Salma s'inquiète de son état. Elle lui prend la main, se penche sur lui pour capter son regard.

— Vous voulez que j'aille chercher de l'aide ?

Le concierge fait non de la tête et d'un clignement lent des paupières lui fait signe de s'apaiser. Salma recule d'un pas mais reste debout à l'observer. Maintenant ses mains sont croisées, ses lèvres murmurent des sons. « Il prie » pense Salma. Elle s'assoit sur la chaise qu'elle a approchée du lit et attend, respectant ce moment presque de recueillement qu'elle ne comprend pas mais dont elle ressent la puissance. Monsieur Carreau a repris des couleurs, ses traits se détendent, il n'a plus l'apparence d'un vieux monsieur presque trépassant mais d'un homme illuminé de l'intérieur. Après ce long silence, il finit par se redresser, toujours le regard en l'air :

— J'aurais tellement voulu regarder ces écritures, mais grimper… Par des gestes il mime son manque de souplesse.

— Si vous voulez, avec un escabeau je pourrai atteindre plus facilement le dessus de la poutre et prendre des photos ?

Monsieur Carreau regarde Salma comme si elle avait inventé une solution extraordinaire et parle tel un automate.

— Mais oui, on va faire ça, mais pas aujourd'hui. Huguette doit s'inquiéter que je sois si long.

Gilbert Carreau

L'enveloppe trône sur la cheminée depuis trois jours. Aujourd'hui dimanche, Gilbert a décidé de découvrir les photos des écritures. Son téléphone est coupé et la pancarte « la concierge n'est pas dans sa loge » accrochée à la porte. Huguette a préféré le laisser seul. « C'est ton histoire, celle de ton père, je sens que c'est important pour toi, je reviens dans une petite heure, je vais chez la voisine ». Au fond elle a peut-être raison, il ne sait pas pourquoi il a eu ce malaise dans la chambre, lui qui n'aime pas montrer ses émotions.

Il tourne l'enveloppe dans ses mains. Les écritures ont-elles été inscrites avant l'installation de la poutre ? Non, il est convaincu que ça s'est passé dans cette pièce, pendant la guerre, avec cette famille-là. Il veut y croire pour son père. Demander que la chambre reste un lieu presque sacré… il fallait que son père soit vraiment touché par le départ de cette famille.

D'abord, il va relire la lettre. Cela fait… il réfléchit… voyons voir, quinze ans qu'il ne l'a pas relue ? Oui c'est ça, depuis la mort de son père. Il repose les photos sur la table basse, le testament est précieusement rangé dans un coffret en hêtre. Après l'avoir sorti du fond de l'armoire, caché sous les draps, il revient s'asseoir lourdement dans son fauteuil. La boite dégage une odeur qui lui rappelle son père bricolant dans l'arrière-cour, pendant que lui s'amusait dans la sciure. Sur l'enveloppe est inscrit « à transmettre à mon cher fils Gilbert ». Le concierge déplie la feuille pliée en quatre où l'écriture est soignée, il ne se rappelait pas que le texte était si long. Au décès de son père, il a bien sûr été touché par ce témoignage mais se souvient surtout de sa contrariété. Pourquoi son père ne lui avait-il pas révélé cette histoire de son vivant ? Comme si l'obligation de se taire pour ne pas mettre en danger ces gens devait perdurer. Dans la lettre, les noms et les prénoms de chacun sont précisés : Ruth la grand-mère, Annabelle la mère, et les enfants, David, Gisèle et Rachel. On sent qu'il a entretenu des liens proches avec eux, il donne certains détails sur leurs goûts, l'une pour la musique, l'autre pour la cuisine. Aujourd'hui Gilbert découvre une nouvelle histoire. Lors de la première lecture, il n'a vu que le geste héroïque de son père mais pas la situation dramatique de ces gens. Quel égoïste ! Il poursuit sa lecture : « la petite Rachel avec son joli sourire… David le petit homme de la famille… ». Chaque détail rend un peu plus vivant ces personnes, peut-être exterminées dans les camps.

Gilbert est très ému. Pourquoi seulement maintenant, après toutes ces années ? Et cette chambre, son entretien ? Il ose à peine se dire qu'il le fait plus pour respecter un engagement que pour honorer la mémoire de cette famille.

Lui aussi a longtemps porté ce secret jusqu'à ce que Juliette entre dans cette chambre. Il n'avait rien prémédité, ses confidences sont venues naturellement. Pourquoi à ce moment-là ? L'atmosphère de la chambre ? Le regard étonné de Juliette ? La peur de mourir avant d'avoir révélé le secret de famille ? Lui n'a pas d'héritier à qui transmettre cette histoire. Avec Huguette, ils n'ont jamais pu avoir d'enfants.

Mais quand Juliette avait fondu en larmes, il n'avait pas compris pourquoi elle pleurait. Maintenant il sait que c'était pour ces gens terrés comme des animaux, et pas pour le geste de son père. Pourtant il en a regardé des documentaires sur cette sale période, sur le génocide des juifs ! Comme tout le monde il a été horrifié par les images des camps, des ghettos et de leurs survivants au regard vide, mais pour autant il n'a jamais fait le lien avec cette famille.

Quel homme est-il pour ne pas avoir ressenti tout cela ? Lui que les locataires complimentent pour sa gentillesse, son dévouement. Ah oui ! Dévoué pour enfoncer un clou ou faire les courses à la mamie du troisième mais risquer sa vie comme son père pour sauver quelqu'un, là c'est autre chose. Il ne sait pas s'il aurait eu son courage, d'ailleurs c'est Huguette qui l'a convaincu d'héberger Salma, cela lui faisait peur toute cette histoire.

Salma ! En voilà une aussi qui ne manque pas de courage, fuir son pays, se trouver à la rue, le concierge hoche la tête, elle aussi a peur, vit enfermée, dépendante de la gentillesse d'Huguette et de Juliette. Il se sent égoïste, s'en veut de ne réaliser cela que maintenant. Il voudrait qu'Huguette soit là pour le soutenir, pour vider son sac de remords devenu trop lourd à porter. Sa petite femme trouve toujours les mots pour l'aider à voir les choses autrement.

Il prend le téléphone, appelle chez la voisine, il a besoin d'Huguette, il veut voir les photos avec elle.

— Allo, ma femme est là ?

Les larmes l'envahissent, le musèlent, il entend sa femme qui prend le combiné

— Gilbert tu fais un malaise ?

Sa gorge est inondée d'un flot de sanglot. Il entend « j'arrive ».

Il n'a jamais pleuré comme cela même à la mort de ses parents. Ses pleurs violents l'étouffent et le libèrent à la fois. Il est cloué à son fauteuil, le visage dans les mains, les coudes posés sur ses genoux. La lettre a glissé sous la table préservée des larmes qui auraient entaché ce souvenir.

La porte s'ouvre, Huguette se précipite, s'accroupit, voit tout le désespoir de son mari comprend de suite que ce n'est pas la maladie qui met Gilbert dans cet état. Sans demander ce qu'il a trouvé sur les photos, elle l'enlace puis se pose à ses pieds la tête sur ses genoux. Elle pleure avec lui et savoure les caresses de son homme sur ses cheveux. « Ça va aller, ça va aller » murmure Gilbert autant pour elle que pour lui.

Juliette

— Ah ! toujours à chercher ces maudites clés !

Juliette le nez dans son sac brasse son contenu puis ses poches puis de nouveau son sac et les découvre finalement dans sa veste.

— Excusez-moi, je peux vous parler deux minutes ?

Pas besoin de lever le nez pour savoir que c'est lui. Juliette est presque soulagée, une semaine qu'elle redoute ce moment. Ce soir, coïncidence, elle a demandé à Madeleine d'arrêter de jouer les éclaireuses pour sécuriser sa sortie de bureau.

Devant son immeuble, Juliette lève la tête une clé dans une main, l'autre restée en l'air comme un point d'exclamation. L'homme la domine. Elle ne voit d'abord qu'une masse qui éclipse le soleil.

— Euh…

— N'ayez pas peur Mademoiselle, je veux juste un renseignement.

— Mais je n'ai pas peur…

L'envie subite d'aller aux toilettes lui signale le contraire. Que faire ? Entrer dans l'immeuble et demander de l'aide aux concierges ? Lui faire face et répondre qu'elle n'a rien à lui dire ? Non, les paroles de Gilbert Carreau lui reviennent, *« Juliette, vous ne pourrez pas nier que Salma est venue à l'agence »*. Elle essaie de se rappeler la suite du scénario mais son cerveau sonne le vide comme une cloche dont le battant serait en chiffon. Elle doit vraiment avoir l'air effrayé car il lui répète :

— N'ayez pas peur, vous savez pourquoi je suis là ? Je viens pour Salma que vous connaissez.

Ces paroles affirmées ne lui permettent pas de nier. Juste en face, une table du café vient de se libérer. Le colosse lui fait signe de traverser la rue, Juliette sent l'injonction plus que la proposition. D'un autre coté elle ne va pas l'inviter chez elle. Sa gorge s'est asséchée pendant que sa vessie menace de se répandre.

— Vous prendrez quoi ? lui demande calmement l'homme.

Assise à ses côtés, Juliette sent pourtant son regard sur elle.

— Euh, une menthe à l'eau.

La chaleur couve sous son chapeau et des gouttelettes débordent sur son front. Juliette pose son couvre-chef sur son sac, essuie d'un revers de main la sueur qui colle ses boucles et pose sa veste sur ses jambes comme un bouclier.

— Je ne veux pas savoir depuis quand vous connaissez Salma ni pourquoi vous êtes venue dans mon commerce mais seulement si elle va bien ?

Il n'a pas le ton agressif décrit par Madeleine mais plutôt un air découragé. *« Qu'est-ce que je dois répondre ? Si je dis oui c'est que je sais où elle est, si je dis, je ne sais pas, il va me harceler de questions »*. Juliette se maudit de rester muette, son silence signe un mensonge en préparation. L'épicier reprend d'une voix posée mais presque suppliante :

— Je ne vous demande pas où elle est mais si elle va bien. Son frère m'a appelé. Il est très inquiet. Il n'a plus de nouvelles, je lui ai raconté que sa sœur avait disparu sans prévenir. C'est lui qui m'a dit d'aller à l'agence quand j'ai trouvé la carte dans la poubelle.

— Et c'est lui aussi qui vous a demandé de me suivre ?

Juliette est surprise par sa propre réplique assenée sèchement mais la vision de Salma effrayée par cet homme la rend offensive.

— Non c'est vrai, mais comme à votre travail ils ne m'ont pas vraiment aidé, je suis revenu aujourd'hui pour voir si je vous voyais sortir du bureau.

— Et pourquoi vous ne m'avez pas abordé tout de suite alors ?

— J'espérais vous voir rejoindre Salma ?

— Qu'est-ce que vous lui voulez ? Elle sent que son ton est trop agressif.

— Ecoutez, moi je ne lui veux rien je veux juste rendre service à son frère. Il me harcèle de questions, il me soupçonne même d'être responsable de son départ. Alors plus vite je lui donnerai des nouvelles, plus vite j'aurai la paix.

Juliette trouve que l'homme a l'air sincère, plus agacé qu'en colère. Mais la petite voix de Madeleine surgit dans un coin de sa tête *« ça y est Mademoiselle la grande naïve a pitié du bonhomme »*. Alors elle se reprend, elle ne l'aidera pas, ne le rassurera pas. Salma n'a pas fui pour rien. Dormir dans un square alors qu'un lit vous attend est vraiment signe de danger. Salma ne lui a pas donné de détails, seule une petite phrase l'a marquée. « Il m'étouffe, un jour il m'aurait vraiment privé de liberté ».

— Je ne sais vraiment pas où elle est, je l'ai juste renseignée pour un foyer, après je ne sais pas si elle s'y est rendue.

— Bon, je vois que vous ne me faites pas confiance ! Vous ne voulez pas trahir votre amie.

— Mais ce n'est pas mon amie, je la connais depuis peu, enfin je veux dire je l'ai juste croisée à l'agence et dans votre épicerie pour lui porter un document.

— C'est bon, l'homme fait une grimace qui signifie « je ne veux pas écouter vos mensonges ».Si vous voulez je vous donne le numéro de son frère, il vit en Norvège. Vous pourrez le rassurer vous-même et lui dire ce que vous voulez.

— Mais ce n'est pas mes histoires, moi je travaille dans cette agence, c'est tout.

— Peut-être mais vous êtes la seule que je connaisse qui l'ait croisée depuis son départ. C'est quelqu'un de très fragile, elle a vécu des trucs très durs et une femme sans papier, sans travail, il peut lui arriver n'importe quoi. J'avais promis à son frère de la protéger.

Un long silence suit, interrompu par la sonnerie du téléphone de l'épicier. Il s'excuse, répond tout en allumant une cigarette. L'échange n'est pas en français. L'homme expire régulièrement de grandes volutes de fumée en levant la tête vers le ciel pour ne pas l'incommoder. Juliette se retrouve presque en face de lui. Au fil de l'entretien, elle a progressivement déplacé sa chaise comme les aiguilles d'une horloge. Assis, l'homme est moins imposant, sa stature n'est plus qu'une grande carcasse. La pression retombe.

Juliette étend ses jambes, se masse la nuque comme un boxeur après un combat. Pendant qu'il est absorbé par sa conversation, Juliette détaille son interlocuteur, ses traits sont fins, sa barbe comme brillantinée a des reflets bleu nuit au soleil, un petit anneau argenté apparait au moment où il replace sa lourde chevelure derrière l'oreille, trois colliers de perles jouent à cache-cache avec son col, ses paumes épaisses contrastent avec les doigts longs qui tiennent la cigarette.

La fin de la conversation téléphonique interrompt son observation. L'homme fait signe au serveur qu'il veut régler.

— Bon je vais y aller, vous ne m'avez pas vraiment aidé.

Juliette met ses mains en signe d'impuissance. L'homme poursuit :

— Si jamais, par hasard, (*le ton est ironique*) vous croisez Salma, dites-lui qu'elle peut toujours compter sur moi.

Juliette ne répond rien

— Au revoir Mademoiselle, je ne viendrai plus vous déranger.

L'homme se lève, règle les consommations. Juliette se contente d'un signe pour le saluer, le regarde partir et ne songe pas à se lever pour traverser la rue et rentrer chez elle. Elle est à la fois soulagée et déroutée. La scène n'est pas celle qu'elle avait imaginée. Etait-il sincère ou très bon comédien ? Elle a pourtant le sentiment que le danger est écarté, elle a hâte de rapporter cette conversation aux concierges et surtout à Salma.

Juliette et Salma

— Ah ! il est fort pour attendrir les gens ! Le regard déjà noir de Salma s'est encore assombri.

— Mais, je vous rapporte juste ce que j'ai ressenti, il avait l'air très embêté de ne pas pouvoir donner des nouvelles à votre frère.

— Mon frère, mon frère, s'énerve Salma, il n'a que ce mot à la bouche « Si je t'ai accueilli c'est pour Salim » Pourtant je les ai entendus s'engueuler plusieurs fois au téléphone. Non Juliette, ce type est dangereux et vous, vous êtes trop naïve, trop loin de tout ça.

De quel monde parle-t-elle ? Juliette a le sentiment d'être prise pour « une oie blanche », expression de sa grand-mère. Elle perçoit presque du mépris. Doit-elle s'excuser d'avoir vécu à la campagne dans un climat protégé, seulement assombri de temps en temps par les disputes de ses parents ? Sa petite vie lui parait désormais fade, ridicule comparée au parcours de Salma jonché d'épreuves et de dangers. Elle perd pied. Dans quoi s'est-elle engagée ? Salma lui fait comprendre qu'elles ne jouent pas dans les mêmes cercles, l'un est un cyclone qui peut vous broyer et l'autre un cerceau d'enfant qu'on peut lâcher à la fin du jeu. Leur seul point commun est d'être femme. Pour le reste tout les oppose, Salma a risqué sa vie pour ses idées et elle Juliette, ne prend jamais parti, ne vote pas, n'a jamais de position tranchée même dans les débats houleux de ses collègues. Elle est touchée par ce qui se passe dans le monde mais reste au bord à le contempler.

— Moi qui pensais vous rassurer…

Juliette se sent comme une petite fille dont le cadeau vient d'être refusé.

Salma reprend sur un ton un peu plus doux :

— Juliette, vous devez me croire, cet homme est un manipulateur, c'est un beau parleur. Moi aussi il m'a retourné le cerveau quand il me posait des questions sur mon emploi du temps. J'avais même fini par penser que c'était pour me protéger.

Juliette reste muette, plantée devant Salma qui s'agite dans la petite chambre en prenant tout l'espace

— Juliette, je n'ai pas d'attache ici, j'ai choisi la France car mon, un ami m'avait dit que j'obtiendrai plus facilement des papiers. C'est mon frère qui avait raison, lui a choisi la Norvège et était furieux quand il a su que je ne l'avais pas écouté. Merci pour tout mais je vais partir le rejoindre, il me manque trop, il pourra sûrement m'aider.

— Alors vous allez l'appeler ? essaie de se rassurer Juliette.

— Non je ne vais pas prendre le risque qu'il en parle à l'Autre.

— Mais pourquoi lui dirait-il s'il sait que vous êtes en danger ?

— Salim ne me croit pas, il le défend toujours quand je me plains au téléphone.

— Il pourra vous accueillir, vraiment ? Juliette fait la moue.

— Je n'en suis pas là. Salma fait un geste circulaire signifiant « bien d'autres choses restent à accomplir avant ».

Juliette stoppe ses questions, la détermination de Salma est trop forte. Après tout ce n'est plus son problème, elle l'a aidée comme elle a pu, c'est du moins ce qu'elle essaie de croire. D'ailleurs elle la trouve un peu ingrate, elle avait cru que leur complicité était le début d'une amitié, que le soutien d'Huguette et Gilbert Carreau lui aurait permis de supporter son confinement mais elle s'est trompée. Pour Salma ils ne sont qu'un chainon de plus dans son parcours. Pourtant inquiète, Juliette ne peut s'empêcher de demander.

— Vous pensez partir quand ?

— Je ne sais pas, dans quelques jours, le temps d'organiser mon trajet. Il faût aussi que je revois l'association pour mon dossier.

Salma est déjà ailleurs dans la construction de son avenir, elle est redevenue l'étrangère que Juliette a abordée dans le square.

Juliette se sent exclue, mesure à quel point elle ignore tout du monde de Salma, de son quotidien. Finalement elle se compare à tous ces parisiens qui longent des parterres de SDF et les ignorent telles des mauvaises herbes. Elle voit la masse et non chaque homme et chaque femme avec une histoire, une famille perdue sur ou sous un coin de terre.

Juliette ressent une grande lassitude.

Salma

— Prévenez nous, surtout quand vous partirez Salma, qu'on ne s'inquiète pas.

Madame Carreau pose un regard inquiet sur la jeune femme, elles sont assises face à face dans la chambre de bonne.

— Bien sûr, mais vous, vous me comprenez ? Le ton de Salma est presque suppliant.

— Je comprends surtout que c'est votre vie. Je suppose que si vous avez pris cette décision, c'est que vous pensiez que c'était la meilleure. Vous croyez que votre patron vous cherche encore ?

— Sûrement, même si j'imagine qu'il n'a pas trop de temps entre son magasin et ses activités le soir mais il peut envoyer quelqu'un à sa place.

— Et votre frère, il ne sait toujours rien ?

— Non, Salma soupire, et c'est pour moi le plus difficile, il doit être très inquiet mais ma tranquillité dépend de mon silence. De toute façon, Salim ne voulait pas que je le rejoigne, il dit que si je quitte la France, je perds toutes mes chances d'obtenir mes papiers.

— Et c'est vrai ?

— Je ne sais pas, Salma hausse les épaules, mais j'ai besoin de le voir. J'ai rendez-vous demain avec une avocate de l'association qui aide les migrants mais ça ne changera rien pour moi… Madame Carreau, vous avez revu Juliette ? Elle n'est pas passée hier soir. Elle est fâchée ?

— Non pas fâchée, la concierge cherche le mot exact, plutôt chamboulée. Elle ne comprend pas. Elle dit que vous avez un toit, des gens pour vous soutenir.

— Oui mais j'aime trop ma liberté.

— En tous cas il n'est pas revenu la voir. C'est déjà ça.

— Et votre mari ? Il en pense quoi ?

Un peu gênée, la concierge baisse le regard.

— Je ne vais pas vous cacher qu'il est plutôt contrarié. Il pense qu'on a pris tous ces risques pour rien.

— Mais c'est Juliette qui est venue me chercher, c'est elle qui m'a poussée à accepter la chambre. Je n'ai pas signé d'engagement pour y rester. Les joues de Salma se sont empourprées et son regard s'est durci.

— Salma, calmez-vous, la concierge se penche et lui saisit la main, je crois qu'ils sont surtout inquiets pour vous. Ces deux-là se ressemblent, ils sont malheureux de vous voir partir. Comme moi, ils se sont attachés à vous, pourtant on ne se connait pas depuis longtemps. Je crois que vous avez changé leur vie, en tous cas pour mon mari.

— Comment cela ? Salma fronce les sourcils.

— Votre venue a ravivé un vieux souvenir qui l'a complètement bouleversé, la concierge prend un ton confidentiel, c'est une histoire qui s'est passée pendant la guerre, dans cette chambre. Le père de

Gilbert a hébergé des juifs qui sont partis du jour au lendemain et personne n'a su ce qu'ils étaient devenus.

Salma lève les yeux vers la poutre.

— Oui, répond Huguette, ces écritures ont un rapport avec cette famille

— Mais, c'est bien pour lui de remuer le passé ?

— Oui, si vous n'étiez pas venue, l'histoire de son père ne serait pas devenue aussi la sienne, il porte désormais le souvenir de cette famille et comprend vraiment aujourd'hui ce que son père voulait en gardant la chambre.

— J'avais senti que ce lieu était important pour lui mais il ne m'a rien dit... Je comprends maintenant. Salma repense à la grande émotion du concierge.

— Si j'ose vous en parler c'est pour que vous sachiez qu'il n'a rien contre vous, au contraire. Et puis grâce à vous, on connait mieux Juliette maintenant. Un sourire un peu naïf éclaire le visage de Madame Carreau.

— Merci de me rassurer, Salma soupire, je n'oublierai jamais votre générosité et celle de votre mari... et de Juliette bien sûr.

— Ne vous tracassez pas, je suis sûre qu'elle viendra vous voir avant votre départ.

****

Toujours un joyeux bazar dans cette association, les gobelets de café s'empilent sur les bureaux des permanences administratives, deux gamins se poursuivent, un nourrisson hurle avant de se remplir goulûment du sein de sa mère sous son regard vide, un adolescent immense avec une tête de bébé tapote nerveusement son portable. Qu'importe l'attente, Salma se nourrit des bruits, des éclats de rire, du carambolage des voix aux accents multiples.

Même si elle est une étrangère parmi d'autres étrangers, Salma a le sentiment de retrouver une famille, celle des déracinés cherchant à tout prix une terre d'accueil pour nourrir les jeunes pousses d'espoir qui leur restent encore après leur long parcours. Tout ce remue-ménage lui fait du bien, plus d'images inquiétantes fabriquées par sa peur dans la chambre de bonne. La vie est là, bruyante, agaçante, même si l'avenir est incertain, ici elle est sûre de trouver des réponses à ses questions.

La porte du bureau de l'avocate s'ouvre et se ferme. Des personnes y entrent et en sortent, des papiers à la main sans qu'elle puisse lire sur leur visage s'ils sont rassurés ou inquiets. Leur pudeur garde la réponse à l'intérieur, peut-être pour que ceux qui attendent leur tour ne soient pas découragés ou les envient.

— Madame Serty ?

L'avocate, une petite femme au chignon défait mais au rouge à lèvres impeccable lui fait signe d'entrer et l'invite à s'asseoir

— Bonjour Madame Serty, Camélia Banalesco. J'ai seulement besoin de votre demande d'asile et du rejet de l'OFPRA[4].

La demande est directe, mais le ton est calme et respectueux. Il faut aller à l'essentiel, la file des demandeurs est longue.

---

[4] Office Français de Protection des Réfugiés et Apatrides

— Vous savez que vous n'avez plus que deux jours pour faire appel ?

La question ne couvre aucun reproche et ne réclame pas de réponse puisque l'avocate se replonge aussitôt dans sa lecture. Salma se dit qu'elle ne doit pas être la seule à trainer dans les démarches pour avoir l'illusion de repousser la sentence finale : un mur ou une porte.

De nouveau son interlocutrice lève la tête

— Oui… je comprends pourquoi votre demande a été rejetée, votre récit manque de précisions, surtout sur deux points : les conditions de votre arrestation et l'organisation de votre fuite pour traverser les différentes frontières.

— Je n'ai pas réussi à raconter, Salma s'agite sur sa chaise, j'étais épuisée… et puis j'avais honte.

— Oui ce n'est jamais facile.

Le hochement de tête de l'avocate résume toutes les horreurs qu'elle doit entendre dans ce bureau. Elle attrape le regard de Salma qui relève son visage et sur un ton affirmé presque combatif ajoute :

— Mais ce sont les faits précis, la nature des menaces, des agressions, elle marque un court silence lourd de sens, qui vont convaincre la CNDA[5], si vous faites appel bien sûr.

Salma baisse les yeux, ressent un malaise, des tremblements, le rouge à lèvres de l'avocate déclenche en elle une alarme qui réveille les épreuves traversées. Finalement Salma regrette d'être venue, elle voulait juste savoir si elle pouvait quitter la

---

[5] Cour Nationale du Droit d'Asile

France et demander asile en Norvège mais Madame Banalesco repose la question :

— Vous voulez faire appel ? Si oui, je n'ai qu'un créneau demain à 8 heures pour constituer le dossier mais ce soir il va falloir tout mettre précisément sur une feuille et dire comment vous avez vécu tout cela, elle frappe sa poitrine pour appuyer ses paroles.

Salma reste muette, toute son énergie est mobilisée à repousser des images traumatisantes qui l'assaillent mais face au visage fermé et douloureux de sa cliente, l'avocate ne lâche rien.

— C'est votre seule chance si vous voulez que la commission reconnaisse une réelle mise en danger pour vous.

Le mot danger déclenche chez Salma une forte réaction. Elle sort de son sac l'article de presse donné par Monsieur Carreau qui décrit les nouveaux massacres dans sa communauté, l'agite violemment et le pose sur le bureau.

— Et ça, ça ne suffit pas à prouver que je risque la mort là-bas ?

L'avocate parcourt l'article et toujours aussi calme répond :

— Madame Serty, c'est effectivement un plus, je vais en faire une photocopie mais ça ne vous dispensera pas d'écrire sur ce que vous avez vécu, vous. Un jugement tient compte du contexte politique mais quitte à me répéter, il s'appuie aussi sur des faits précis et détaillés. Vous avez peut-être encore une chance, il faut la tenter.

— Je ferai ma demande en Norvège, là où est mon frère. Il a obtenu ses papiers, lui. Salma appuie sur « lui » avec un regard de défi.

Mais Madame Banalesco poursuit, gardant un ton neutre.

— Ce ne sera pas possible, vous devez faire appel dans le pays où la demande d'asile a été faite. Vous risquez de tout perdre et de vous faire arrêter, et après ce sera trop tard pour entamer d'autres procédures.

Salma garde le silence, l'avocate se lève, contourne le bureau

— Madame Serty, je dois recevoir mon prochain rendez-vous, d'un geste elle invite Salma toujours assise à se lever, je vous attends demain à 8 heures, je vais travailler de mon côté sur votre dossier.

Sur le pas de la porte, Salma épuisée parvient à souffler :

— Merci, je ne sais pas encore si demain…

L'avocate lui serre la main et l'accompagne vers la sortie

— Moi je serai là, au revoir.

****

C'est fait, la demande en appel part ce matin. Salma a tendu sa copie à Camélia Banalesco en baissant les yeux comme une mauvaise élève qui sait d'avance que malgré l'effort son travail ne conviendra pas. Pourtant Salma a passé une nuit blanche à cracher les heures noires de sa vie. Elle craint que son récit ne reflète qu'une pâle image de la réalité. D'autres ont vécu de vraies atrocités, des tortures, des viols devant leurs proches, leurs enfants.

Elle, ils ont juste tenté de la violer.

Des faits, lui avait demandé l'avocate. Est-ce que des paroles peuvent violer ? Les actes sont-ils plus forts, plus traumatisants ? C'est la justice qui raisonne comme cela, pas les victimes. Salma n'a pas envie de graduer, de comparer, de soupeser le poids de sa honte et de son traumatisme, elle sait que les paroles et les regards des policiers l'ont salie autant que leurs gestes.

Cette nuit il a fallu visionner ce mauvais film. Son cerveau bloquait les images mais quand l'une d'elle réussissait à s'échapper de la boite de pandore, Salma ne voulait pas de l'à peu près, elle voulait retrouver l'exactitude de leurs paroles. Alors dans la souffrance, elle s'est forcée à retrouver leurs mots, les a jetés sur une feuille comme on souffle un crachat. Ils appartenaient à ces chiens, elle ne voulait pas être salie une deuxième fois. Leurs mots crachés ricochaient sur elle pour retourner dans leur sale gueule. Pour la première fois, elle se sentait protégée de leurs éclaboussures. Etrangement, l'écriture douloureuse l'aidait à cicatriser.

Le plus difficile a été de décrire leurs actes pendant ce long huis clos. Quand l'interrogatoire est devenu plus violent, que leurs gestes ont martelé leurs insultes racistes, Salma s'est rappelée qu'elle s'était concentrée sur l'image du chat du voisin pour tenir. L'animal lui avait sauté sur le torse un matin en partant à l'école, lui pourtant si doux et si câlin. Cette vision restée traumatisante l'avait aidée à faire écran aux actes qu'elle subissait.

Ainsi, tenter de décrire précisément la scène était comme revivre une lourde opération chirurgicale sans anesthésie. Cette nuit, Salma a pourtant réussi à le faire. Les griffes déchirant ses seins sont redevenues leurs sales pattes et les miaulements rauques du chat, leurs râles essoufflés dans son cou. Même s'ils ne sont pas allés au bout de leur viol, dérangés par la sonnerie insistante du téléphone, elle porte encore leur masse pesante comme une tumeur accrochée à son corps.

Camélia Banalesco n'a fait aucun commentaire, juste dit « merci ». Ses seules questions ont été pour préciser le lieu exact où les policiers l'avaient arrêtée et pourquoi elle s'était trouvée à cet endroit à ce moment-là. Aucune question sur son récit décrivant l'organisation de son trajet vers la France. Il faut dire que grâce à un atlas prêté par Huguette Carreau, Salma a pu retrouver avec exactitude les trajets empruntés, les lieux où elle s'est arrêtée, le nom des provinces qu'elle a parcourues à pieds la nuit. Elle a aussi fait l'inventaire des transports (camion, barque et train) et des frontières traversées.

Là aussi est ressortie comme une gifle une autre agression par un passeur. Avec elle, attendait une vingtaine de personnes, hommes, femmes, enfants tapis dans un bois en bordure de route. Quand les deux passeurs sont arrivés, le plus jeune très nerveux a agité un billet pour réclamer l'argent. Il a fait signe au plus vieux de surveiller la route. Etrangement il s'est posté derrière un grand arbre demandant à chacun de venir lui remettre les sommes convenues pour traverser la frontière. A son tour, Salma a contourné l'arbre, a versé la somme, mais le type l'a plaquée violemment contre l'écorce, s'est frotté contre elle, sa main puante muselant sa bouche. Elle a gesticulé, tenté de crier, il a resserré sa prise accompagnée de paroles crachées : « ta gueule ou pas camion. ».Elle a réussi à lui mordre la main, il a poussé un cri et l'autre homme resté à l'arrière est apparu. Dans ses gestes Salma a compris qu'il l'engueulait pour le bruit qu'il faisait. Elle en a profité pour rejoindre le groupe.

Mais ça elle ne l'a pas écrit. Ça ne compte pas pour son dossier.

Salma est dans la rue, fatiguée, libérée, étourdie par le mouvement incessant des piétons. Elle n'a pas envie de dormir ni de retourner dans la chambre de bonne, c'est pourquoi elle part dans la direction opposée s'ajustant au rythme des passants comme si elle savait elle aussi où elle allait. Elle se sent libre, ne sait pas où elle sera demain mais elle n'a plus peur. Une phrase de Camélia Banalesco résonne dans sa tête : « si malgré tous ces éléments, l'appel est rejeté, vous ne risquerez pas d'être expulsée, il y a trop de massacres ciblés sur votre ethnie, à ce moment-là, je vous aiderai à faire une autre procédure ».

Salma voudrait rassurer son père qui s'inquiète pour elle alors que lui risque encore sa vie mais c'est impossible. Elle aimerait se blottir dans ses bras mais elle sait qu'elle ne le reverra pas, il n'acceptera jamais de quitter sa terre, elle entend encore sa voix enrouée de fumeur lui dire « je suis un vieil arbre, tu veux me déraciner pour que je meure plus tôt ! ».

Elle croise une femme avec un enfant, assise par terre, ce pourrait être elle si elle n'avait pas rencontré Juliette. Elle longe une terrasse de café. Et si elle se posait sur l'un de ces fauteuils ? Elle ne l'a jamais fait seule, pas seulement par manque d'argent mais sûrement par manque d'habitude.

Elle s'assoit lourdement, tend son visage vers les rayons du ciel. Elle sent ses traits fatigués se défroisser comme un coquelicot gorgé de soleil. Elle n'attendra pas la réponse de l'appel en France. Elle partira demain rejoindre son frère.

Salma, Juliette et...

Chacun un verre à la main se regarde. Salma, Juliette et les concierges ne se promettent rien, personne ne doit rien à personne, ils sont quittes, leur rencontre est un cadeau, la tristesse des derniers jours est tarie.

Le regard de Salma lourd de tendresse les caresse, les rassure. Elle murmure.

— Allez c'est le moment de se dire au revoir.

Salma souffle cette phrase et embrasse chacun d'eux. Juliette se dit que le moment est arrivé de mettre un point au passage de Salma, à cette rencontre, en espérant que ce soit un point-virgule. Personne n'a osé demander des détails sur son rendez-vous avec l'avocate ni sur le déroulement de son futur trajet. Personne ne lui souhaite un bon voyage, ce ne sont pas des vacances, on préfère lui dire « bonne route, prends soin de toi ».

D'un seul élan, Gilbert, Huguette, Juliette et Salma s'étreignent, une dernière fois, ils ne font qu'un, les mêmes pensées les traversent, Juliette en est sûre. Cette parenthèse de vie les a liés quoiqu'il se passe ensuite.

L'émotion trop grande avale les paroles.

Aujourd'hui Monsieur et Madame Carreau ont quitté leurs habits de scène pour devenir Gilbert et Huguette.

Demain ne sera pas une autre vie mais il aura un autre parfum. Juliette sait qu'elle pourra compter sur eux pour porter le vide laissé par Salma.

****

Gilbert Carreau replace la chaise sur la pile déjà entassée contre le mur et lisse un pli de la couverture. Plus de trace, il se sent lourd, porte le poids des hommes qui font fuir d'autres hommes, ceux que leur pensée obsède au point qu'ils sacrifient l'autre. Aucun nid, aucune attache ne peut retenir celui qui a peur. Salma vient de partir, Huguette et Juliette sont au marché. Le concierge caresse le bureau, se dit que Salma n'aura pas retrouvé l'envie d'écrire dans cette petite prison, il comprend. Machinalement il ouvre le tiroir, une feuille à l'écriture serrée est le clin d'œil de la jeune femme pour lui dire qu'il se trompe. En ajustant ses lunettes il découvre que le texte est écrit sûrement dans sa langue maternelle. Est-ce une histoire ? Pour qui ? Il referme le tiroir espérant que ce sera la main de Salma qui reviendra l'ouvrir.

Il lève ensuite le regard vers la poutre où d'autres mains ont elles aussi laissé une trace en marquant leur prénom et leur date de naissance.

Salma

Salma marche d'un pas décidé vers la gare du Nord pour rejoindre un bus qui l'emmènera à Bruxelles. De là elle partira pour Hambourg puis se débrouillera pour regagner Oslo. Elle improvisera… « *Les contrôles d'identité sont rares dans l'espace Schengen* » l'a rassurée un compatriote. Elle contactera régulièrement Germaine, bénévole de la Croix Rouge pour savoir si une réponse est arrivée de sa demande en appel. De toute façon elle est déterminée, son frère lui manque terriblement, et encore plus cruellement depuis qu'elle ne l'appelle plus.

Salma se dit que la mort de sa mère est devenue plus supportable que l'absence de sa famille. Face à la mort, les bons souvenirs ont fini par atténuer la douleur, c'est l'inverse avec les vivants, plus les mois passent plus les bons moments aiguillonnent sa souffrance. Revoir son frère… elle ressent déjà le bonheur de le serrer dans ses bras. Cette image la réchauffe.

Tiens ! Elle longe les locaux de l'association d'aide aux migrants, elle n'avait pas réalisé que son trajet passait par là. Cette rencontre lui rappelle les recommandations de l’avocate « Surtout restez en France, sinon vous risquez de tout perdre ».

Salma est contrariée par le hasard qui dépose une ombre sur ses résolutions. D’un coup de rein, elle remonte son sac à dos, tire rageusement sur les bretelles pour arracher ce maudit doute qui vient réveiller les autres. Elle force son allure, un autre quartier moins familier effacera peut-être les questions qui recommencent à l’assaillir.

— Salma ?

En entendant cette voix familière, elle accélère le pas,

— Salma, Salma mais c’est toi ?

Salma continue de marcher, ne se retourne pas. Elle a envie de mordre, qu’on lui foute la paix !

Elle entend courir et bientôt une main se pose sur son épaule.

— Salma, n’aie pas peur, je suis trop contente de te voir.

Tout en avançant, Salma soupire :

— Irina, je n’ai pas peur, je suis pressée, une autre fois…

— Mais Salma, pourquoi tu es partie ? Elle perçoit des sanglots dans sa voix.

Finalement Salma préfère lui faire face pour clore plus rapidement leur rencontre.

— Je n’ai pas le temps, rassure toi, je vais bien et toi ? Des larmes perlent aux yeux d’Irina. Salma s’émeut. Tu pleures ? C’est à cause de Rafi ?

— Non, elle secoue la tête en ouvrant ses grands yeux bleus, je pleure de joie, t’es partie où ? Salim, ton frère, appelle, appelle, appelle Rafi encore plus qu’avant, moi je croyais que tu étais morte.

— Mais non tu vois, je vais bien, désolée Irina mais je dois y aller, j'ai un rendez-vous urgent. Surtout chut à Rafi, Salma met un doigt devant sa bouche.

— Mais non, je vais lui dire, Irina sourit, il sera content et puis ton frère arrêtera de le menacer d'envoyer la police.

— C'est faux Irina, tranche Salma d'un ton sec, Rafi et Salim sont très amis, elle croise ses deux index pour souligner comme leurs liens sont étroits.

— Peut-être, mais quand tu es arrivée, Rafi m'a passé Salim au téléphone. Il m'a demandé de tout surveiller, de dire à Rafi qui tu vois, où tu vas. Au début je l'ai fait, puis j'ai arrêté quand tu m'as dit que tu avais peur de Rafi.

— C'est Rafi qui t'a dit de raconter tout ça, de me chercher, c'est ça ? Tu me suis depuis le début, lance rageusement Salma en poussant Irina si violemment qu'elle tombe sur le trottoir.

— Mais non Salma, je sors de l'association pour mes cours de français. Elle se frotte le coude.

Salma sent ses poings serrés, se voit soudain dominer de toute sa hauteur Irina toujours au sol. Cette image lui est insupportable, elle lui renvoie toute la violence qu'elle exècre. Son agressivité la lâche subitement, Salma se confond en excuse tout en relevant Irina.

Mais pourquoi cette rencontre aujourd'hui ? Juste quand tout est tracé dans sa tête, que son seul objectif est de retrouver son frère, que son projet lui parait tellement accessible en comparaison de son périple pour la France. Même l'incertitude de savoir où elle logera ne l'effraie pas, elle connait Salim, il se sera fait un nouveau réseau dans le monde journalistique mais la rencontre d'Irina a donné un coup de pied dans « ses certitudes ». Les fondations de son projet reposent sur son frère, or Irina lui en dresse un portrait qui l'inquiète. Elle ne pourrait donc pas compter sur lui ?

Tout à l'heure en entendant la voix d'Irina l'interpeler, elle n'a pas eu peur, c'était plutôt de l'agacement qu'elle avait ressenti. Sa vie chez l'épicier appartenait au passé.

Depuis elle avait fait son chemin. La chambre du concierge était devenue un cocon où Salma s'était reposée pour réfléchir et reprendre confiance. Elle avait réalisé que c'était davantage le manque de liberté qui l'avait convaincue de fuir plus que la peur de Rafi. Elle avait senti repousser ses ailes de combattante. En annonçant son départ, Salma n'avait pas tout de suite compris la contrariété de Juliette, elle avait cru que la jeune femme voulait elle aussi la maintenir dans une prison dorée. Elle s'était trompée, Juliette redoutait seulement qu'elle se brise trop vite les ailes.

Tout à l'heure, en refermant la lourde porte de l'immeuble, Salma les a quittés sans peur et sans regrets. Son émotion au moment du pot de départ improvisé, était nourrie de la chaleur de leur soutien, de l'attachement ressenti, elle ose à peine se dire de leur amour. Salma ne sait pas si elle reverra Juliette, Huguette ou Gilbert mais ils resteront logés dans son cœur, là où sont nichées les personnes qui comptent dans son parcours de vie.

Salma regrette sa réaction si violente et ajoute d'un air gêné

— Désolée Irina, je ne sais pas ce qui m'a pris

— On peut boire un café ? demande Irina en balayant d'un geste ce qui s'est passé puis elle pointe un doigt vers une terrasse.

****

Irina s'éloigne, ses nattes dansent au rythme de sa démarche bondissante, leur mouvement en balancier scande les premières secondes de grande solitude de Salma. Quelle heure est-il ? Elle peut encore attraper son bus, mais elle sait déjà qu'elle ne rejoindra ni son frère ni Oslo.

La jeune femme se sent désorientée, profondément abattue. Pour une fois qu'elle ne fuyait pas une situation mais au contraire allait vers un point d'attache rassurant, réconfortant, son grand frère, le pilier, celui vers qui elle s'est toujours tournée quand elle était perdue, celui qui sait prendre des décisions dans l'urgence, reconstruire un cadre quand il est fracturé. Jamais il ne montre de doutes, même son phrasé ne marque aucune hésitation, toujours présent, même à l'adolescence, surtout à l'adolescence… disparition de leur mère… il est devenu le tuteur de leur père fragilisé, rôle que l'on pourrait croire secondaire mais qui préservait la sauvegarde de la famille aux moments des assauts répétés.

Avec les révélations d'Irina, Salma ne voit plus que la rigidité du tuteur, celui qui ne lui laisse aucune souplesse, la maintient solidement à une place au risque de la briser si ses respirations, ses aspirations sont trop amples. Plus Irina détaillait les exigences de Salim auprès de Rafi, plus Salma se rappelait son sentiment d'emprisonnement dans un corset.

Au départ de leur discussion, Salma se disait qu'Irina dressait un tableau sévère de son frère, peut-être à cause de ses phrases hachées, courtes comme un résumé. Mais Salma avait retrouvé des mots, des expressions qu'Irina ne pouvait inventer, « *ma sœur est une personne fougueuse mais fragile* », « *Salma s'enflamme vite* ». Cette phrase l'avait convaincue de la sincérité d'Irina, car elle l'avait ramenée à plusieurs disputes avec son frère dont une très violente :

— Salma tu t'enflammes !

— Mais je l'aime, ON s'aime !

— Tu le connais à peine

— Et alors, il me plait, il est beau, il est gentil, il est intelligent, il…

— Ça suffit, moi je le connais, c'est une grande gueule.

— Parce qu'Ayoub fait des articles plus engagés que les tiens ou parce qu'il n'est pas de chez nous ?

La gifle était partie, la première et la dernière. Son père était intervenu.

— C'est quoi ces cris ?

— Ta fille fréquente un garçon que tu n'aimerais pas.

— Salma, c'est vrai ?

— Papa, c'est quelqu'un de bien, tu peux me faire confiance, je n'apporterai jamais la honte sur la famille et sur notre maison.

— Je sais ma fille mais je le connais ?

Salim avait coupé Salma prête à répondre

— Et moi tu me fais confiance quand je te dis qu'il n'est pas digne de Salma ?

— Salim, ça suffit, je suis encore le maitre chez moi et je suis assez grand pour régler cela avec ta sœur.

Salim était parti fâché et du temps était passé avant que chacun ne se reparle. Après cette scène Salma avait redoublé de prudence pour voir Ayoub.

Pour évacuer sa colère et son stress, Salma avance à grandes enjambées tournant le dos à la gare du Nord. Son cerveau scanne les solutions de repli qui arrivent à son secours sans avoir conscience de les avoir commandées.

Mais où va-t-elle aller ? Retourner dans la petite chambre ? C'est elle qui a voulu partir. Huguette et Gilbert Carreau lui ont donné toute leur confiance sans même la connaitre, et elle en retour ? Qu'est-ce qu'elle leur a offert ? Même pas un mot pour les rassurer sur son voyage vers Salim. Pourtant Salma les sentait inquiets, mille questions hurlaient derrière leur sourire. « Allaient-ils se revoir ? Leur donnerait-elle des nouvelles ? ». Des gens généreux qui ne demandent rien, peut-être même que leur grande empathie les a encouragés à se taire. Sentaient ils qu'une seule remarque pouvait écrouler son projet ? Elle croyait leur avoir montré un mur de certitudes mais eux avait perçu les doutes qui le cimentaient. Salma se sent ingrate envers Juliette et le couple Carreau, elle n'ira pas profiter de leur gentillesse. Cette chambre lui avait été présentée comme une solution de dépannage sans promesse de la louer. Même si elle revenait, elle ne pourrait envisager d'y rester plus longtemps.

Demander à Rafi de la reprendre au magasin ? Non, même si elle comprenait maintenant son attitude autoritaire, elle lui avait attiré suffisamment d'ennui avec les menaces de Salim. Pourtant Irina l'avait encouragée à revenir, lui certifiant que l'épicier était plus en colère après Salim qu'après elle. Elle ne pouvait prendre le risque de voir les choses recommencer et l'épicier n'accepterait certainement pas de cacher sa présence à son frère, et puis ses regards sur elle… peut-être que tout simplement elle lui plaisait… mais elle ne partageait pas ce sentiment.

Appeler Léna ? Que pourrait-elle lui proposer ? Elle-même était hébergée. Non, Salma ne veut pas l'inquiéter. Alors que restait-t-il ? Un foyer ? Les places sont chères à Paris… il faudrait qu'elle explique comment elle a vécu depuis son départ du centre d'accueil et puis les hébergements d'urgence, non.

Salma a le sentiment de revenir au point de départ : son arrivée en France. Ses pas l'ont menée vers la Seine, elle pose son gros sac et s'assied sur le mur qui surplombe les quais. Elle sent derrière son dos les passants aller et venir, attrape quelques paroles, elle aimerait être dans ce mouvement, marcher vers un endroit familier, rejoindre un lieu, une personne qui l'attende. Elle saisit rageusement son portable.

— Allo Salim

— Putain Salma, t'étais où ?

— A Paris

— Chez qui ?

— Qu'importe, je…

— Qu'importe !! Mais tu te fous de ma gueule, j'ai cru que tu étais morte ou même pire, tomber dans les mains de, de, de…

— Non, je vais bien mais…

— Pourquoi t'es partie de chez Rafi ? C'est lui qui t'a foutue dehors ?

— Non, ça tu dois le savoir…

— J'ai tout imaginé, même ça !

— Et que ce soit à cause de toi tu l'as imaginé aussi ?

Son frère se tait

— Tu n'as rien à répondre ? reprend Salma sur un ton de défi.

— Je ne comprends pas ce que tu sous entends

— Et bien réfléchis, tu vas trouver.

— C'est Rafi qui t'a raconté des conneries ? s'énerve Salim.

— Non, je suis partie sans le prévenir, j'ai plus de contacts depuis.

— Mais tu vis où ?

Salma cherche une réponse

— Dans un foyer

— T'as trouvé une place ? T'as fait comment ?

— Tu vois, je peux être une grande fille parfois !

— C'est quoi ce ton ironique ? T'étais bien contente de me trouver quand tu as voulu quitter le centre.

— Oui, c'est vrai, j'ai fait appel à toi mon grand frère, mais je ne t'ai pas demandé de me surveiller.

— Parce que j'ai demandé quelques nouvelles à Rafi de temps en temps ? C'est normal, je m'inquiétais. La voix de Salim monte dans les aigus.

Salma est prise d'un doute, Irina aurait-elle joué la comédie pour la convaincre de revenir à l'épicerie ? Mais elle ne pouvait pas savoir qu'elle partait ce matin, ni qu'elle avait décidé de rejoindre Salim ?

— De toute façon, j'étouffais là-bas, toujours rendre des comptes sur mon emploi du temps

— Salma, je t'assure, je m'inquiétais juste pour toi, je t'aime, j'y peux rien si Rafi a fait du zèle. Son ton est devenu plaintif.

Salma se rappelle la conversation surprise entre son frère et l'épicier. Elle sait qu'il ment.

— Ecoute Salim, je suis désolée de t'avoir laissé sans nouvelle, j'avais besoin d'y voir clair. Tu me manques.

Salma sent les sanglots monter dans sa gorge mais elle ne veut pas craquer. Elle cherche du regard quelque chose qui pourrait dériver ses pensées et empêcher les flots de jaillir. Une péniche passe avec un petit drapeau français qui s'agite comme pour lui rappeler que sa situation est grave mais pas désespérée. Elle est en France, elle ne risque plus sa vie. Salma ne dira pas à Salim qu'elle a failli le rejoindre ce matin. Elle l'entend déjà lui répondre « tu vois que j'ai des raisons de m'inquiéter ».

Salim a dû sentir son émotion car il tente de la consoler

— Salma, moi aussi tu me manques, ne recommence plus ça, j'étais fou d'inquiétudes.

— Promis Salim, mais toi fais-moi confiance, je suis arrivée à venir toute seule jusqu'en France, maintenant j'attends la réponse de la commission d'appel et ensuite j'aviserai.

— A ce moment-là, tu pourras me rejoindre, la rassure Salim.

— Je verrai, pour le moment je ne fais pas de projet. Salma regarde les péniches sur la Seine et entend à peine son frère qui ajoute

— Tu verras, tu auras tes papiers toi aussi.

Juliette

Ce soir Juliette est de sortie. Elle a accepté l'invitation de Madeleine « pour fêter sa séparation ». Ce sont ses mots. « *Je ne comprends pas pourquoi je n'ai pas pris cette décision plus tôt, on va arroser cela, fais toi belle, vendredi on dîne à « la grande table* ». C'est LE restaurant qui les a toujours fait rêver. Sortir le soir est une première, Juliette ressent une grande excitation.

La perspective de partager ce moment avec son amie l'inonde de sensations qu'elle ne reconnait pas. Comment les définir ? Excitation, agacement, envie, impatience ? Comme souvent elle fouille le passé pour trouver un souvenir qui se rapprocherait de ce joyeux bazar intérieur. Bizarrement c'est l'image des confitures de fraises de sa grand-mère qui se présente. Juliette ne comprend pas, son état émotionnel est sûrement trop perturbé mais la bassine s'impose avec ses gros flancs cuivrés et ses bulles de sucre rose dans son cratère bouillonnant. « Attends Juliette, tu vas te brûler. Et là je peux lécher la cuillère ? Non pas encore, c'est trop chaud ». Envie dans l'attente, désir dans l'agacement, c'est exactement cela qui rend encore plus savoureux le plaisir à venir.

« Allez, le temps passe ma fille, tu dois te trouver une tenue ». Mais quel vêtement peut être assez chic pour diner dans un grand restaurant ? Juliette passe en revue sa garde-robe, et se désespère à chacune des tenues qu'elle pose délicatement sur le canapé. Non ce pantalon est trop défraichi, cette jupe lui donne l'allure d'une grand-mère, les deux tailleurs pantalons sont ses « uniformes de travail », Madeleine les voit tous les jours.

L'éventail de ses vêtements forme un camaïeu gris vert pour ne pas dire vert de gris. Même ses deux chapeaux, celui d'hiver et l'autre d'été sont dans les tons du ciel parisien les jours de grisaille. Elle ne va pas à un enterrement ! Enfin presque… non ! Madeleine fête sa nouvelle vie.

Juliette se maudit de choisir sa tenue seulement deux heures avant le repas. Elle aurait pu se douter que rien ne serait adapté à cette sortie. D'un autre côté, il ne lui est jamais arrivé de faire un tel inventaire. Un vêtement doit être avant tout pratique et confortable.

Elle n'a pas le temps d'aller s'acheter une tenue. De toute façon elle ne saurait pas laquelle choisir. Juliette s'assoit, se raisonne, l'important n'est pas l'apparence mais le moment passé avec Madeleine. Oui mais elle aurait voulu étonner son amie, lui offrir ce cadeau pour retrouver la surprise dans son regard comme le jour où elle lui avait raconté sa course folle pour retrouver Salma. Elle avait adoré ce moment, le rire de Madeleine, son humour qui transforme une anecdote en spectacle. Ce soir ce n'est pas simplement la nouvelle vie de Madeleine qu'elles vont fêter mais aussi la sienne.

Depuis le départ de Salma, déjà deux mois, une petite brèche s'est ouverte qui change sa perception des choses. Juliette le sent quand elle croise des personnes, pendant ses courses, au travail. Tout est plus fort, intense. Des fils invisibles lancés par ses sens ferrent les saveurs, les parfums, les sons. Ce n'est plus seulement son regard mais tout son corps qui se laisse pénétrer. Ses émotions sont libres, plus de doseur, le bouchon de la bouteille a sauté, les coupes peuvent déborder. Qu'est-ce qu'elle risque ? D'être déçue par une personne ? De s'ennuyer dans une conversation ? De paraitre ridicule ? Bien sûr ses peurs sont toujours là mais elles ont relâché leurs entraves, Juliette peut désormais étendre ses bras, se redresser. La coquille qui la protégeait des autres a doucement volé en éclat, elle l'a brisée en jouant des coudes pour retrouver Salma. En acceptant son départ, elle a compris en même temps le sien. Juliette ne connait pas encore sa nouvelle destination mais elle se sent prête à affronter un avenir différent, deux nuits blanches pour comprendre cela après le départ de Salma.

Plus qu'une heure et toujours pas de décision prise pour choisir sa tenue. Au moins un bijou, un foulard quelque chose de nouveau qui illuminerait un peu la grisaille de sa tenue ! Huguette ! Juliette pense à Huguette, toujours bien mise et même chic quand elle sort écouter des concerts certains dimanches après-midi. Elle pourrait la conseiller et lui prêter… « Je verrai bien, de toute façon, je ne vois pas d'autres solutions ».

Juliette dévale les escaliers, cette fois sa requête est futile, elle en sourit presque.

Huguette ouvre la porte et s'illumine d'un grand sourire :

— Juliette ! Tu arrives au bon moment, nous allions nous servir un petit apéritif.

Un peu embarrassée, Juliette reste sur le seuil de la loge

— C'est gentil mais je suis un peu pressée, je sors ce soir et j'avais besoin de vos conseils.

— Juliette, on avait dit qu'on se tutoyait, bougonne la concierge tout en souriant.

— Oui, oui Huguette mais j'ai encore du mal, le respect sans doute…

— Allez entre, à moins que ça te gène de me parler devant Gilbert.

— Non mais je ne veux pas vous déranger.

— Cà aussi tu as du mal, tu sais que tu es la bienvenue à n'importe quel moment de la journée.

— Oui bien sûr, je le sais. Huguette la guide vers le salon.

— Bonjour Gilbert. Désormais Juliette appelle aussi le concierge par son prénom.

— Ah ! notre Juliette ! tu viens trinquer avec nous ? Monsieur Carreau lève son verre.

— C'est-à-dire que je sors et que…

Huguette lui coupe la parole, tout en lui montrant la bouteille de porto.

— Mais si, tu vas boire quelque chose et tu m'expliqueras en même temps ce que tu veux

— Alors juste une goutte.

— On connait le petit ami ? demande Gilbert avec un sourire coquin.

Huguette jette à son mari un regard de reproches

— Alors toi, toujours avec tes gros sabots.

Juliette rougit

— Gilbert, vous faites fausse route mais je peux vous dire quand même ce que je fais ce soir. Je sors avec mon ami – e.

— Ah très bien, on a rien contre, hein Huguette ? bafouille Gilbert

— Rien contre quoi ? Huguette fusille du regard son mari. Alors là Gilbert, tu es lourd comme, comme, Huguette ne trouve pas de comparaison et s'énerve.

Juliette comprend soudain la méprise et tout en continuant de rougir, éclate de rire.

— Ah, vous pensez que je sors avec une fille ? Avec une petite amie ? Non c'est MON amie, ma grande amie, il faudra que je vous la présente.

Huguette lève les yeux au ciel et secoue la tête en regardant le concierge

— Il m'agace

— Si on ne peut plus rien dire, je vais aller boire tout seul mon apéro au bistrot ! ronchonne Gilbert.

Juliette se dépêche d'interrompre la dispute.

— Allez ! ce n'est rien. Je suis trop heureuse ce soir et puis je suis contente de partager mon bonheur avec vous. A notre amitié et à ma première grande sortie. Juliette lève son verre.

Gilbert cogne son verre à celui de Juliette mais salue juste d'un petit signe pour trinquer avec sa femme. Huguette fait comme si elle ignorait son geste.

— Alors Juliette, qu'est-ce que tu voulais comme conseil ?

— Ce soir je dine dans un grand restaurant et mes vêtements sont un peu… ne sont pas vraiment adaptés. Je m'étais dit que vous auriez peut-être un accessoire à me prêter pour améliorer ma tenue.

Huguette, un petit sourire de contentement aux lèvres, minaude

— Oui, j'ai des bijoux et quelques foulards mais tu vas peut-être trouver que ce n'est pas assez jeune.

— Mais non, je suis sûre que je vais trouver mon bonheur, de toute façon je n'ai rien d'original dans mes affaires.

— Viens, on va fouiller dans mon armoire, ce sera plus simple, Huguette montre la direction de sa chambre.

Juliette suit Huguette tout en faisant un petit signe complice à Gilbert. En passant devant lui, la jeune femme lui murmure :

— Vous me donnerez votre avis.

Le concierge fait une grimace dubitative tout en se resservant un porto. Il sourit. « Elle est vraiment chouette c'te gamine ».

Juliette et Madeleine

Le froid a posé des brillants dans l'écrin de ses yeux et ses boucles désordonnées jaillissent d'un large bandeau blanc à pois noirs comme un bouquet de feuilles d'automne. Juliette très essoufflée penche son visage vers la vitre pour scruter les tables et repérer Madeleine mais son souffle trouble sa vision sur le verre gelé ce qui l'oblige à se déplacer comme un papillon sur une vitrine illuminée.

A priori, malgré son léger retard elle semble être la première au rendez-vous. Juliette n'ose pas entrer et préfère attendre son amie sur le trottoir. Elle tape les talons de ses bottines pour se réchauffer car sa tenue est un peu légère pour faire le planton, son long manteau de laine ne suffit pas à faire barrière au vent froid qui s'insinue sous ses collants. Hé oui, elle a opté pour une longue jupe noire plissée, en soie. Non seulement Huguette lui a trouvé le bandeau et les boucles d'oreilles mais aussi la tenue qu'elle porte ce soir. En un éclair, Huguette a transformé Juliette en une femme chic, la convainquant d'essayer la jupe avec un cache-cœur puis de chausser des bottines montantes décorées de jolis boutons de nacre qui rappellent la couleur ivoire du chemisier. Un rouge à lèvres rose pâle a redessiné sa bouche rieuse tout en respectant la discrétion de son caractère. Dans le miroir, Juliette a aperçu une femme qui n'est pas elle, plus belle et plus raffinée mais son romantisme lui a plu, alors elle l'a acceptée.

Quand elle est revenue dans le salon, Gilbert l'a regardée comme une apparition, le regard halluciné cherchant une réponse dans les yeux d'Huguette.

— Et oui c'est notre Juliette, a confirmé Huguette très émue.

— On dirait que t'es sortie d'un tableau, a finalement lâché Gilbert.

— Merci, a pu seulement dire Juliette, émue elle aussi.

Madeleine arrive au pas de course, dépasse Juliette sans la reconnaitre et s'apprête à entrer dans le restaurant. Juliette se précipite pour saisir la porte en lui disant :

— Si vous voulez bien vous donner la peine.

Madeleine lève le nez, s'assure que la voix si familière appartienne bien à cette jolie parisienne, sa bouche s'arrondit, sa main gantée esquisse un geste comme pour la toucher et repart sur le o de ses lèvres restées figées. Juliette ravie de l'effet de sa surprise rompt l'arrêt sur image en lui plantant un baiser sur la joue

— Et oui tu m'as dit de me faire belle, alors je t'ai écoutée, Juliette pousse légèrement son amie vers l'intérieur du restaurant, allez on rentre car Cendrillon va se transformer en glaçon !

Un serveur les guide jusqu'à leur table et les débarrasse de leurs manteaux. Madeleine émet un petit sifflement en découvrant la tenue de son amie

— Ah oui ! tu es vraiment très élégante !

— Toi aussi ! tu es magnifique.

Madeleine porte un costume trois pièces marron glacé, strié de fines rayures blanches et a gominé ses cheveux noirs. Ses longs cils maquillés et son rouge à lèvres sang soulignent la femme séduisante qu'elle a masquée trop longtemps. Le serveur revient avec deux coupes de champagne en guise de bienvenue.

Madeleine lève son verre

— A l'avenir

Des larmes brillent au coin de ses yeux mais Juliette sent davantage de la confiance que de la tristesse. A son tour Juliette imite Madeleine

— A l'avenir et à notre amitié.

Toutes deux mesurent fortement le poids de ces mots si anodins mais si importants. Ce moment est particulier, cette soirée marque le début d'une autre relation. Le socle de leur amitié, lourd et bien ancré ne bougera pas mais ce qu'il porte évoluera, sera moins lisse, façonné et creusé par leurs confidences, le partage de leurs bonheurs, de leurs peines, de leurs éclats de vie.

Leur soirée est presqu'une histoire sans paroles. Même le serveur qui dépose les plats raffinés se déplace avec la grâce d'un patineur, silencieux et élégant. Elles dégustent chaque aliment d'abord avec leurs yeux qui découvrent pour la première fois un chef d'œuvre dans une assiette. Elles osent à peine toucher à l'harmonie des couleurs, des sculptures par respect pour son créateur mais les arômes viennent leur rappeler qu'apprécier cette œuvre est aussi la déguster. Alors elles portent chaque morceau à leur bouche, délicatement, et leurs commentaires se lisent dans le silence et le sourire de leurs regards.

Au moment où le serveur clôt ce festin avec les mignardises qui accompagnent le café, Juliette et Madeleine un peu grisées pouffent de rire ne sachant pas comment elles pourraient encore faire honneur à ces petites douceurs.

— Apportez nous un petit digestif, s'il vous plait, cela nous aidera à apprécier ces merveilles, demande Madeleine en retrouvant son calme.

— Nous avons une petite poire fruitée très goûteuse, susurre le serveur.

Madeleine lance un clin d'œil à Juliette avant de répondre au serveur

— Va pour « la bonne poire » mais ce sera la dernière fois, j'ai assez donné dans mon couple !

Et sur ces paroles le rire de Madeleine part en cascade et parvient même à faire sourire le serveur si sérieux. Juliette se contente d'hocher la tête car elle sait ce que cache cette boutade et quand les alcools sont servis, elle lève la première son verre en souhaitant à son amie d'être heureuse.

Salma

— Allez Irina, viens m'aider, il reste encore les fruits à mettre sur les étals.

— Ça va, il est sept heures, on en a pour un quart d'heure.

Irina papillonne d'un parasol à l'autre les arrimant aux lourds poids de fonte posés au sol. La pluie menace et le vent secoue déjà violemment leur toile.

Pour Salma c'est son premier marché, l'absence exceptionnelle de Rafi la stresse, vont-elles réussir à s'en sortir toutes seules ? En tous cas Irina ne semble craindre ni la tempête ni l'accueil des clients qui ne vont pas tarder, elle arrive même à fredonner.

— Détends toi Salma, ce n'est pas le premier marché que je fais, je suis même née dans une cagette quand ma mère faisait aussi les marchés.

— Elle n'a pas eu le temps de retourner chez elle pour accoucher !!

Irina éclate de rire

— Non mais tu crois tout ! Tu me vois naître entre les choux et les pommes de terre, je sais que je suis une belle plante mais quand même !!

Salma éclate de rire à son tour

— Irina !! l'amour te va vraiment bien !

Le sourire de sa collègue s'agrandit et la jeune femme tourbillonne sur elle-même en chantant : l'amour, l'amour…

— Irina s'il te plait viens m'aider à descendre les cagettes, il faut vraiment qu'on avance.

Ce matin, elles sont venues en camionnette, Rafi a déchargé les caisses les plus lourdes puis est reparti en métro pour se rendre à un rendez-vous de la préfecture. Les fruits présentés de façon attrayante n'ont plus qu'à être posés sur les tables, Irina avait raison de ne pas s'affoler, tout est déjà prêt pour recevoir les clients matinaux.

Irina verse un verre de thé préparé ce matin.

— Un thé bien chaud ma belle car après on n'aura plus le temps. Hum ca réchauffe. Alors ça fait quoi de travailler légalement ?

— Chut Irina, ça veut dire qu'avant… Salma regarde autour d'elle d'un regard inquiet.

— Allez détends toi Salma, c'est fini d'avoir peur, pense plutôt au jour où tu as reçu la nouvelle, c'était la folie au magasin !!

— Ah oui !! on aurait dit qu'on avait remporté un championnat !!!

« *On a gagné* », ces trois mots avaient déclenché chez Salma une telle tempête de cris et de larmes que Rafi et Irina n'arrivaient pas à savoir s'il s'agissait d'une bonne ou mauvaise nouvelle. Trois mots au téléphone de la bouche de Camélia Banalesco, contrainte de raccrocher en entendant l'hystérie collective qui ne s'apaisait pas. Apprenant les raisons de cette agitation, les clients avaient applaudi et félicité la jeune femme. Salma avait rappelé l'avocate sans succès et couru jusqu'à son bureau pour entendre de vive voix les paroles inespérées. Arrivée comme une folle à l'association, elle avait dû se calmer devant tous ces gens qui attendaient leur rendez-vous et qui n'auraient peut-être pas sa chance.

Entre deux entretiens, l'avocate l'avait accueillie. Salma aurait bien aimée l'embrasser mais n'avait pas osé. La gorge nouée, c'est dans une poignée de mains qu'elle avait pu lui transmettre tout ce qu'elle aurait voulu lui dire.

Irina a raison, tous les petits tracas ne sont rien à côté du bonheur de pouvoir enfin respirer, de ne plus être en apnée. Pourquoi reviennent-ils si vite pour masquer l'essentiel ? Vivre libre, construire un avenir sans barrière ou seulement celles que l'on maintient soi-même.

Plusieurs clients sont massés le long de l'étalage et attendent calmement leur tour.

— Ça y est c'est parti ! dit Irina. Si tu veux, tu sers et moi je pèse et je tiens la caisse.

— D'accord, merci Irina, je ne sais vraiment pas comment te remercier pour tout ce que…

— Eh bien, active toi, ce sera déjà un début, la coupe Irina qui accepte difficilement les compliments.

****

Salma sommeille dans la camionnette qui les ramène du marché, sa tête cogne contre la vitre, aussi préfère t'elle se caler sur l'épaule d'Irina qui ne montre aucun signe de fatigue et discute avec Rafi. Salma savoure ce moment de bien être où les membres endoloris se relâchent, où mollesse et lourdeur se confondent, sensations confuses entre sommeil et veille, sentiment d'être happée par une torpeur à laquelle elle résiste juste ce qu'il faut pour maintenir l'équilibre de flottaison, comme quand elle faisait la planche sur l'océan, agitant les mains ni trop ni trop peu. La voix douce d'Irina la berce, ses paroles toujours directes sont souvent dénuées de jugement, elle se contente de décrire ce qu'elle voit presque naïvement.

A leur rencontre au café quand Salma partait rejoindre Salim, Irina lui avait simplement décrit les évènements, « *ton frère appelle, il demande des renseignements, Rafi lui répond mais...* ». A aucun moment Irina n'avait insulté son frère. « *Tu peux revenir, Rafi ne t'en veut pas* ». Là aussi, c'était un constat. Cette petite phrase avait fait écho à celle de Juliette qui lui avait rapporté son entrevue avec Rafi « *Si jamais vous croisez Salma, dites-lui qu'elle peut toujours compter sur moi* ».

Après avoir pris la décision de renoncer à son départ en Norvège, elle avait erré plusieurs heures. Désespérée elle avait appelé Irina « c'est Salma » et Irina avait juste répondu « viens ».

Tout en conduisant, Rafi jette un œil sur elle de temps en temps. Son air moqueur signifie « ce n'est pas de tout repos le marché !! ».

Quand Irina a accompagné Salma devant Rafi pour lui demander de la reprendre au magasin, il a simplement dit : « Oui mais je ne veux plus avoir à faire à ton frère. Fais le boulot, le reste ça ne me regarde plus. ». Le lendemain elle avait pu lui parler seule et lui dire qu'elle s'était trompée, qu'elle ne lui devrait rien de plus que de travailler pour lui. Elle n'avait pas réussi à dire les choses plus clairement mais dans son regard elle avait pu lire qu'il avait compris.

****

Salma pousse la porte de l'agence, elle est émue, elle a le sentiment de rejouer une scène où les personnages sont les mêmes mais où l'histoire a changé. Hier elle venait pour demander et ce matin elle vient offrir ou plutôt partager.

— Bonjour Madame, est ce que Juliette est là ?

— Bonjour, oui elle est juste dans le bureau derrière…

Madeleine n'a pas le temps de terminer sa phrase que Juliette apparait dans l'encadrement de la porte. C'est bien elle Salma, avec sa façon si particulière de prononcer son prénom. A cette heure matinale, les clients sont rares et les bavardages entre collègues encore feutrés.

La voix de Salma s'est glissée distinctement dans les oreilles de Juliette la faisant bondir de son fauteuil comme un diable qui sort de sa boite.

— Salma !!!

Juliette n'en revient pas, elle est rentrée de Norvège ! Elle s'était imaginée qu'elle ne reviendrait pas en France. Elle parait en forme, son regard a changé, moins sombre. Elle ne saurait dire pourquoi mais Salma lui parait plus grande. Elles se retrouvent face à face un peu empruntées. La seule fois où elles se sont embrassées était le jour du départ et encore l'étreinte avait été collective.

— Salma ! Tu es revenue ? Mais tu habites où ?

Salma regarde Madeleine, hésite à répondre

— Je t'expliquerai, je venais t'annoncer une nouvelle

Madeleine sent l'embarras de la jeune femme.

— Juliette, vous pouvez peut-être vous installer au coin café, vous serez plus tranquilles ?

— Oui tu as raison. Je suis tellement remuée que je n'ai même pas fait les présentations.

Madeleine, mon amie, et Salma dont je t'ai parlée. Le regard complice de Juliette envers Madeleine n'a pas besoin de nommer la place occupée par Salma dans le passé.

Salma suit Juliette jusqu'à une pièce minuscule où sont affichées une nuée de cartes postales. Elle n'a donné aucune nouvelle depuis six mois pourtant dès qu'elle a reçu ses papiers elle a tout de suite pensé à Juliette, Huguette et Gilbert Carreau mais elle s'est empêtrée dans ses remords de s'être tue après son faux départ. Salma avait craint qu'ils ne comprennent son retour chez l'épicier alors qu'ils s'étaient tous mobilisés pour la protéger de cet homme, peur de lire leurs regrets de l'avoir aidée. Les paroles d'Huguette avant son départ résonnaient encore « *Je ne vais pas vous cacher que Gilbert est plutôt contrarié. Il pense qu'on a pris tous ces risques pour rien… Juliette ne comprend pas. Elle dit que vous avez un toit, des gens pour vous soutenir...* ». Mais Irina toujours intuitive avait senti que Salma portait une sorte de mélancolie qui ne concernait ni son frère ni sa famille ni son amour détruit, car de cela elle en parlait. Finalement un soir, Salma lui avait décrit ces gens si importants dans son parcours. Irina très directe avait réagi, « mais va leur dire que c'est un peu grâce à eux que t'as eu les papiers ! Ici, t'étais plutôt à tout vouloir laisser tomber ! ».

C'est vrai, sa seule obsession en quittant l'épicerie avait été de rejoindre son frère. Si Juliette ne lui avait pas couru après…

— J'ai mes papiers, je suis tranquille maintenant, lui annonce d'emblée Salma.

— Oh je suis vraiment heureuse pour toi, quand Huguette va savoir ça.

— Huguette ? et Gilbert ? Une alarme s'est déclenchée dans la tête de Salma.

— Malheureusement il nous a quitté il y a environ un mois.

— Oh non ! Un accident ?

— Non, un cancer, je n'étais pas au courant…

Salma ressent une grande culpabilité

— J'aurais pu le voir avant, soupire t'elle en secouant la tête.

— Tu ne pouvais pas savoir, Juliette comprend ce que ressent Salma.

— Non mais j'aurais pu vous revoir plus tôt…

— Je suis sûre que Gilbert t'entend et qu'il est heureux pour toi, Huguette te racontera. Juliette frappe dans ses mains pour chasser les pensées tristes de son amie. Je veux tout savoir sur toi. Tu es de passage ou tu vis en France ?

— En fait je n'ai jamais quitté la France et…

La porte s'ouvre, Ludo vient se servir un café, Juliette lui présente son amie, échange quelques banalités et quand son collègue repart elle reprend leur conversation :

— Tu n'es pas allée en Norvège ?

— Non, en fait en chemin…

Cette fois c'est sa collègue Sophia qui passe la tête et qui dit à Juliette que le patron la réclame.

— J’arrive. Salma, j’ai mille questions à te poser mais l’endroit ne se prête vraiment pas aux confidences. Si tu es libre ce soir, on peut se voir chez moi après le travail, ce sera plus facile pour parler, ici il y a trop de passage.

— Ce soir je ne peux pas, plutôt demain

— C’est encore mieux, le vendredi je ne travaille pas mais toi peut-être que tu ne peux que le soir ?

— Je suis libre le matin, je travaille les après-midi.

— Ah c’est chouette, tu as trouvé un boulot ?

Salma hésite à commencer son récit puis se ravise.

— Juliette, ton patron t’attend et puis je préfère t’expliquer tout cela demain, c’est un peu long.

— Tu as raison, moi aussi j’ai plein de choses à te raconter. Je suis tellement heureuse de te revoir. Juliette applaudit comme une petite fille. Dix heures chez moi ça te va ? ou plus tôt ? Je suis toujours aussi matinale.

— 9h alors.

— Chouette si tu veux on ira au marché.

Salma sourit.

— Qu’est ce qui te fait sourire ?

— Eh bien moi aussi je fais les marchés mais plutôt côté vendeuse.

****

Salma a terminé son article, elle a choisi des phrases courtes, tranchantes comme les couteaux qui ont égorgé les hommes, les femmes et les enfants, la barbarie à l’état pur dans un village situé à une cinquantaine de kilomètres de chez son père.

Salma a repris son combat pour la liberté avec sa plume comme flambeau pour éclairer ceux qui ignorent les massacres dirigés contre sa communauté. Ses articles commencent à être publiés. Elle a aussi renoué contact avec un journaliste resté au pays et participe désormais aux réunions du soir, chez Rafi. Entre compatriotes, ils partagent leurs informations, s'agitent, s'énervent et fièrement tentent de retenir leur émotion parfois trahie par un raclement de gorge ou un reniflement. Les colères mêlées et les indignations soulagent les peurs et les découragements.

Toutefois aux premières réunions, Salma restait discrète, ne prenant la parole que si on l'interrogeait sur les informations obtenues du journaliste. C'est par cet argument que Rafi avait convaincu le groupe d'ouvrir le cercle à une femme ou plutôt « à une journaliste qui pourra nous informer de ce qui se passe chez nous et peut-être écrire des articles ». Ces paroles avaient fait mouche, seuls quelques-uns s'étaient opposés et ne participaient plus.

La première fois, un silence pesant avait failli décourager Salma mais à la deuxième séance, chacun avait besoin d'échanger, de débattre et finalement ne lui prêtait pas plus d'attention qu'aux autres. Plus tard, certains étaient venus accompagnées de leur femme ou de leur sœur.

Salma sent que son engagement donne une autre dimension à son statut de réfugiée. Par procuration sa famille a gagné une petite victoire sur les dictateurs. Si par malheur ses proches étaient tués par les milices qui écument la région, ils ne mouraient pas complètement puisqu'une partie de leur chair sera sauvée. Salma est le souffle qui leur survivra après leur dernier râle. Sa liberté, elle la doit à son père, à ses oncles qui l'ont aidée matériellement et moralement. C'est dans la solidarité familiale qu'elle a puisé l'énergie de se sauver et d'aller jusqu'au bout. Son père sait qu'elle a réussi, elle aurait aimé lui apprendre de vive voix cette nouvelle mais elle prend ses précautions pour ne pas le mettre en danger, un contact sur place leur sert d'intermédiaire.

Salma commence à retrouver un sens à sa vie. Elle ne veut pas être seulement celle qui a maintenant une petite vie tranquille et qui pense parfois à construire une famille pas forcément avec ce beau garçon qu'elle fréquente depuis peu aux cours de français. Son humour et sa façon si douce de lui faire l'amour la rend vivante. Il comprend ses moments de brume qui parfois la stoppent dans leurs caresses. Un geste, un mot et Ayoub vient quelques fois voiler le moment de légèreté partagé. Salma a parlé à Irina « des apparitions d'Ayoub » qui surviennent comme un reproche. Irina lui a demandé :

— Quand tu penses à lui, il fait la gueule ou il sourit ?

— Non ce sont des flashs de moments heureux.

— Alors c'est pour te dire que oui, tu as droit au bonheur, à un nouveau bonheur. Comment il était ton Ayoub ? du genre qui met sous cloche ou un qui avait compris que la femme est plus heureuse libre ?

— Non un homme très moderne.

— Alors arrête de culpabiliser, ne gâche pas ta vie. Toi tu t'en es sortie, sois heureuse à sa place, pour lui, ce sera votre vengeance, une revanche sur ces fous qui détruisent le bonheur de vivre simplement et tranquillement.

— Je t'aime Irina, avec toi tout est simple

— Pour les autres oui, pour moi ça cogite aussi souvent, Mario veut que j'aille vivre avec lui. Irina fronce le nez de façon comique. J'ai peur que laver ses chaussettes ça m'empêche de l'aimer.

— Dis donc la femme libre ! il les lavera lui-même !

****

Salma avait prévu les choses dans cet ordre. D'abord grimper chez Juliette, lui déverser son récit comme on lave à grandes eaux une terrasse après l'hiver, effacer les doutes responsables de son silence prolongé, éliminer la gêne ressentie hier à l'agence, retrouver la spontanéité de leurs relations puis rendre visite à Madame Carreau. Mais la concierge est là dans le hall, très concentrée à nourrir chaque boite aux lettres du courrier du jour. Surprise de sentir la présence d'un visiteur qui reste immobile et silencieux, elle se tourne vers la jeune femme.

Quel changement ! Salma peut lire les ravages de la tristesse sur son doux visage éclairé par ses cheveux blancs qu'elle a renoncés à teindre. Ses habits noirs flottent et signent la béance irréversible creusée par la disparition de l'homme de sa vie.

— Salma, comment allez-vous ? Juliette m'a appris la grande nouvelle de votre retour et surtout que vous aviez enfin vos papiers. Quel bonheur ! Gilbert serait si heureux !

Toujours aussi généreuse ! Comment a-t-elle pu craindre son jugement ? La peur s'amuse toujours à déformer la réalité. Salma s'approche pour répondre aux bras qui se tendent pour l'accueillir.

— Madame Carreau, Juliette m'a dit pour votre mari, ça ne doit pas être facile.

— Non c'est vrai, elle hoche la tête pour souligner son propos, il est parti vite. L'important c'est qu'il n'ait pas souffert. Vous savez, on parlait souvent de vous, on se demandait ce que vous étiez devenue.

Salma ne sent pas de reproches dans ses paroles, juste de la nostalgie.

— Maintenant je regrette de ne pas être venue vous voir plus tôt. Si j'avais su…

— Il ne faut rien regretter, tout a un sens, la concierge regarde vers le plafond, on ne comprend pas toujours d'ailleurs, surtout après, et puis mon Gilbert il a toujours caché qu'il était malade même à moi au début, elle hoche de nouveau la tête, je croyais que c'était son diabète… Il était déjà malade quand vous êtes venue mais il ne voulait pas que les gens le sachent, il disait « la pitié c'est pour ceux qui en ont vraiment besoin ».

— Ça ne m'étonne pas, ça me fait drôle d'être ici, Salma ferme les yeux et hume l'air, je reconnais l'odeur, je me revois. Elle ouvre les yeux et demande soudain

— Et la chambre ? Elle n'a pas bougé ?

— Ah ça non, Gilbert y tenait, si vous voulez monter la voir ?

— Je préférerai y aller avec vous.

— J'avais dit à Juliette de passer en fin de matinée quand je serai plus disponible, je vous accompagnerai après si vous voulez ?

— Parfait, alors à tout à l'heure, je me dépêche car je dois aller au marché avec Juliette. Salma se dirige vers l'escalier.

— A tout à l'heure Salma. Huguette regarde la jeune femme avec une grande tendresse.

Salma et Juliette

— Ma liste de courses !

Juliette fouille ses poches, bouscule les objets, soulève les coussins, glisse un œil sous le canapé. Salma sourit, la Juliette d'avant était plus posée, plus ordonnée comme ses bibelots alignés sur la commode. Ses gestes ont perdu de leur raideur, ils lui rappellent la marionnette de Pinocchio quand elle perd ses fils et devient libre de ses mouvements.

— Tu ne te souviens plus de ce que tu avais marqué ?

Juliette se relève, se frotte les genoux et souffle sur la boucle qui lui cache un œil.

— Si, dans les grandes lignes, Juliette fronce le nez, mais j'ai toujours besoin d'une liste.

— Tu veux la refaire ?

— Non, je dois me défaire de mes habitudes de vieille fille.

Ce matin Salma découvre la spontanéité de Juliette à parler librement de sa vie, des évènements gais ou sombres qui l'ont touchée, sa confiance est presque enfantine. Autour d'un thé, pendant un long moment, Juliette s'est livrée sans chercher de réaction dans son regard. A l'inverse elle a respecté la part secrète de Salma qui s'est contentée de résumer les derniers mois passés. En apprenant son retour à l'écriture dans la presse, Juliette a témoigné d'un grand enthousiasme « l'important reste le présent qui balaye les inquiétudes du passé ». Salma n'a pas osé la démentir mais sait que son présent est bien enraciné dans le passé qui resurgit parfois par vagues de grande tristesse. Elle reste mutilée de sa famille, de son frère.

Mais ce matin est un jour où elle savoure l'instant présent et se gorge de petits détails, observe chaque geste de son amie. Juliette attrape son panier, jette un châle défraichi sur ses épaules, se recoiffe dans le joli miroir accroché à la porte et donne le signal du départ dans une posture comique. Les deux jeunes femmes descendent rapidement les marches, sourient en croisant un vieux couple main dans la main qui reprend son souffle sur un palier.

Salma réalise que c'est la première fois qu'elle descend ces escaliers si légèrement. Après avoir franchi la lourde porte, elles rejoignent rapidement le flot des passants. Accrochée au bras de Juliette, elle se laisse porter par le courant, fait corps avec ces inconnus qui glissent vers une destination précise, s'immerge dans les bruits de la ville, contourne des couples qui s'embrassent ou se disputent au milieu du trottoir, coupés des autres par leur seul regard, sourit des hommes d'affaire qui placent un grain de folie dans la couleur de leurs chaussettes ou de leur cravate. Parfois Juliette la tire par le bras pour accélérer le pas.

— D'habitude je me rends au marché plus tôt et puis si tu veux rendre visite à Huguette avant de reprendre ton travail…

Salma la rassure, elle proposera un autre moment à la concierge.

— Oui mais… Juliette continue de la presser d'avancer.

— Juliette, ne t'inquiète pas, Huguette comprendra.

— Tu as raison, profitons ! Chassez le naturel… j'ai toujours ce maudit compteur dans la tête.

Les premiers étals apparaissent, Salma suit Juliette qui navigue d'un marchand à l'autre, échange avec eux quelques mots sur le temps ou sur les nouvelles du jour. Pour chacun, elle glisse un commentaire ou une anecdote dans l'oreille de Salma, sur le tic de langage de celui-ci ou sur la saveur exceptionnelle de ses produits.

— J'ai hâte d'aller faire un tour sur ton marché, de te voir jouer à la marchande

Salma éclate de rire

— Je ne joue pas, c'est un vrai travail ! Se lever à cinq heures, déballer, remballer, piétiner !!

— Oui c'est vrai ! quand on arrive au marché, on n'imagine pas tout cela, le regard de Juliette embrasse tous les étals.

— Le marché a lieu le samedi matin mais tu travailles ? interroge Salma. Juliette acquiesce. Dommage ! Tu aurais revu Rafi. Salma fait un clin d'œil. C'est toi qui avais raison, je m'étais complètement trompée sur lui.

— Je serais un peu gênée de le revoir, avec les salades que je lui ai racontées.

— Les salades ???

— Les mensonges, c'est une expression.

— Tu sais, il a compris depuis.

— Je prendrai un samedi pour aller te voir, accepte Juliette.

— Alors dépêche-toi car j'arrête de travailler pour lui dans deux mois, sa famille va le rejoindre, elle a obtenu une autorisation, sa femme travaillera avec lui.

— Mais toi, ton boulot ? s'inquiète Juliette.

— J'en retrouverai un, j'ai déjà une piste dans un resto et j'espère bien vivre de mon écriture.

— J'aimerais être comme toi, toujours positive !

— Non, je suis comme tout le monde avec des espoirs et des moments de découragement.

— Et tu continueras à vivre au-dessus de l'épicerie ?

— Non ! je déménagerai. Là ce sera plus difficile à trouver, un air sceptique se dessine sur le visage de Salma.

Juliette pense à la chambre de bonne de Gilbert mais se dit que ce serait malvenu de la lui proposer, Salma aurait le sentiment de revenir en arrière.

— Tu pourras toujours camper chez moi en attendant.

— Merci mais Rafi m'a dit aussi qu'on s'arrangerait en attendant que je trouve un appartement.

La cloche sonne, il est midi, les jeunes femmes se hâtent de rentrer. Sur le trottoir de l'immeuble Huguette discute avec une voisine. Juliette aborde la concierge

— Désolée Huguette, le temps a passé trop vite.

— Pas de soucis, on aura tout le temps de se revoir ! N'est-ce pas Salma ?

— Exactement, lundi c'est possible ? Je ne travaille pas.

— Parfait, 11h30 ? On pourrait même déjeuner ensemble.

Le rendez-vous calé, Salma salue la concierge, aide Juliette à monter ses courses puis s'apprête à repartir pour son travail. Juliette fouille dans son sac et lui tend une enveloppe froissée.

— C'est une lettre que j'ai écrite après ton départ, elle résume tout ce que tu as changé dans ma vie.

Salma montre un regard étonné

— C'est Huguette qui m'a donné l'idée en me posant la question « si tu devais écrire à Salma, tu lui dirais quoi » ? Lis là quand tu voudras.

Juliette ouvre sa porte, pose une main sur l'épaule de Salma, plonge son regard dans le sien en lui disant

— A bientôt, on se revoit vite. La prochaine fois, j'inviterai Madeleine.

Salma

Irina s'est enfin décidée, elle est partie chez Mario qui occupe un logement niché dans une arrière-cour pleine de poésie. Salma invitée la veille avec quelques amis du couple a découvert le nid dont parlait Irina. Une vigne recouvre la façade et masque presque l'entrée. Les feuilles caressent les têtes quand on franchit le seuil et l'on est surpris d'arriver dans une pièce lumineuse, chatouillée par le soleil qui traverse une verrière.

Mario est touchant dans ses gestes qui enveloppent Irina, leur complicité donne envie.

Plusieurs fois Salma s'est amusée de voir son amie un peu embarrassée, s'échapper d'un bras caressant ou d'un baiser papillonnant de son amoureux très à l'aise.

Ce bonheur lui a fait du bien comme si c'était le sien mais sans envie, sans nostalgie, elle a absorbé tout ce qui débordait de leur relation, un éclair de leurs pupilles, un battement de cils, un frémissement des lèvres, un frôlement, la moindre particule échappée du trop-plein de leur amour. Elle pouvait se servir sans les dépouiller de leur bonheur. Dans la cuisine, au regard interrogatif d'Irina qui signifiait

« alors t'en pense quoi de nous ? », Salma lui a murmuré dans l'oreille « Irina, tu as vraiment rencontré le bonheur, vous êtes trop beaux » et pour stopper les larmes qui perlaient aux cils d'Irina, Salma a ajouté « tu peux même lui laver ses chaussettes, tu ne crains rien ».

Salma seule dans sa chambre au-dessus de l'épicerie sourit, elle pense à sa vie plus tard. Avec son caractère impulsif, l'ambiance de son foyer sera plus électrique, elle se rappelle ses emportements pendant ses discussions avec Ayoub sur la politique du pays. Militant tous deux pour que chaque communauté cohabite en paix et bénéficie des mêmes droits, ils n'avaient pas la même lecture de l'histoire du pays et des racines du mal. Ils se quittaient parfois fâchés, presque haineux pour se retrouver le lendemain avec envie et plaisir, oubliant leur colère dans leurs ébats tout aussi impétueux.

Penser à Ayoub lui fait du bien, maintenant son souvenir ne la poignarde plus, seule la trace rouge d'une estafilade restera tatouée en souvenir de leur relation passionnelle. Elle l'a aimé peut-être aussi pour sa détermination à refuser de plier sous le poids des mains gantées de fer qui maintiennent les têtes en apnée et décident du moment où ils lâcheront la pression ou pas. Ayoub était déterminé à défendre jusqu'au bout le droit à une vie libre quitte à perdre la sienne. A l'inverse il la poussait à partir, il sentait le danger roder autour d'elle et sa famille. « *Tu dois vivre même loin de moi et de ceux que tu aimes pour dire au monde ce qui se passe ici* ». Non elle ne partirait pas, elle était comme lui militante, elle ne cèderait pas. « *Pars en France, Salma tu seras une grande journaliste et un grand écrivain, c'est ta force ».*

Puis l'assassinat d'Ayoub, son frère arrêté juste la veille, sa propre arrestation, un feu d'artifice où les fusées assombrissent et brûlent les visages. Salma s'entoure de ses bras pour trouver le réconfort qui lui manque cruellement en repensant à toutes ces horreurs passées.

Demain c'est la foi d'Ayoub qui lui donnera la force de vendre son talent au rendez-vous d'un grand quotidien intéressé par sa plume.

En attendant, le travail à l'épicerie ne manque pas depuis le départ d'Irina qui sert au restaurant de Mario. Salma est rassurée, elle pourra garder son emploi à l'arrivée de la femme de Rafi et de leur fils. Par contre il lui faut trouver rapidement un logement pour permettre à la famille de s'installer confortablement au-dessus du magasin et de se retrouver en toute intimité.

Juliette et Madeleine

— Alors ? Tu lui as dit ?

— Je lui ai dit que je t'inviterai la prochaine fois

— Tu ne lui as rien dit alors ?

Juliette baisse le nez, elle sent la dispute arriver comme chaque fois qu'elles abordent le sujet.

Madeleine s'acharne.

— En fait, à part Huguette personne ne sait !

— Madeleine, tu es trop pressée, on en a déjà parlé.

— Pressée ! oui, d'arrêter d'être hypocrite aux yeux des autres mais pour Salma tu n'as pas à craindre son jugement, tu la connais à peine !

— Mais le problème ce n'est pas Salma, c'est moi, j'ai besoin de temps pour accepter ce qui m'arrive, tout cela est nouveau, je t'ai déjà expliqué, Juliette soupire.

— Tu regrettes alors ? Madeleine lui lance un regard furieux.

— Madeleine, tu gâches tout, avant on ne se disputait jamais et maintenant à chaque fois qu'on se voit… Juliette prend sa tête dans ses mains.

— Tu sais on peut se séparer, le ton est sec.

Juliette soupire, son amie finit toujours par la même conclusion pourtant elles en ont passé des heures à apprivoiser leur nouvelle relation. Au départ c'est même Madeleine qui avait le plus peur. C'était arrivé naturellement, sans le décider vraiment. Elles avaient pris l'habitude de multiplier les sorties, restaurants, théâtres et surtout ballades dans les cimetières de Montmartre ou du père Lachaise. Leurs marches silencieuses de bénédictines s'étaient transformées en déambulation agitée, bras dessus bras dessous, avides de dénicher la première le détail attendrissant ou l'inscription décalée qui les émouvraient ou les agiteraient de rires. Alors, quand l'une repérait la touche de poésie, le mot inédit, l'objet curieux, elle pressait le bras de l'autre et d'un geste du menton pointait le trésor découvert.

C'était devant une petite tombe oubliée avec une grille rouillée mais pleine de charme qu'elles s'étaient enlacées pour la première fois. Sur la pierre verdie, une simple plaque « à ma Rose ». C'est en se penchant et en grattant les lettres qu'elles avaient découvert son auteur, ce n'était pas « Lucien » comme elles l'avaient cru en première lecture mais « Lucienne ». Les volutes du fer forgé dessinaient une rose. Devant ce décor naïf, les deux amies s'étaient regardées pour unir leur émotion, s'étaient câlinées comme elles le faisaient parfois mais cette fois Juliette avait collé son visage longuement dans le cou de Madeleine, sans parvenir à se détacher. Madeleine surprise s'était doucement libérée de cette étreinte pour lui faire face, elle avait lu un tel bouleversement dans les yeux de Juliette qu'elle l'avait embrassée. Juliette ne s'était pas dérobée, savourant ce baiser qui amplifiait le bien-être ressenti. Elles étaient reparties silencieusement bras contre bras, la main de l'une caressant discrètement les doigts de l'autre. Passant la grille, elles s'étaient séparées sans un mot.

Le lendemain au travail, les jeunes femmes ne s'étaient pas regardées, ni parlées.

Les doutes, les questions, les maux de ventre tentaient de repousser ce lien nouveau mais l'attirance revenait comme un ballon de volley. Un soir en sortant de l'agence, Juliette avait attrapé la main de Madeleine lui disant « suis-moi ». Madeleine avait obéi comme une automate puis s'était laissée embrasser par une Juliette qui l'avait littéralement plaquée contre un panneau publicitaire. Ce jour-là Madeleine avait compris que ce n'était pas un simple réconfort qu'elle avait trouvé dans les bras de Juliette mais bel et bien l'amour.

— Je te parle de séparation et tu ne réponds rien, relance Madeleine

Juliette regarde son amie, sa mine boudeuse lui donne un air de petite fille. Elle n'a pas envie de poursuivre la dispute. Elle se lève, pose un disque de Nougaro, les premières notes si douces de « leur chanson » renfrognent un peu plus Madeleine, alors Juliette s'approche, lui glisse tendrement son bras sous le sien et chante sur la voix du chanteur

Viens on sort bras dessus, bras dessous
Tu m'aimes encore et moi par-dessus tout
On sort, le temps est doux, pas besoin de pardessus
On s'habille bras dessous, bras dessus

Madeleine ne peut s'empêcher de sourire

— Ballade au cimetière de Charonne ? demande Juliette avec espièglerie.

Salma

Salma est seule assise à la table du petit bureau. La concierge happée par un locataire n'a pu l'accompagner jusqu'à la chambre de bonne. Les deux femmes ont beaucoup parlé de la vie en parlant de la mort de Gilbert, elles ont même ri quand Huguette a évoqué les maladresses de son mari.

Après leurs échanges très vivants le silence de la pièce est encore plus prégnant. Peut-être que Salma ressent davantage ce contraste depuis qu'elle connait l'histoire de la famille juive cachée ici. Et avant eux ? D'autres gens y ont vécu ? Huguette a parlé de jeunes filles venues de la campagne pour servir des familles aisées. Elle lui a même montré un vieux contrat où est écrit « Melle Yvonne Passeau, bonniche ».

Salma réalise qu'elle est la dernière à succéder à tous ces gens passés par ce lieu, soit pour un travail de misère soit pour se cacher.

Finalement ce n'est pas le silence qui lui pèse mais le sentiment déjà ressenti la première fois, d'être dans un sanctuaire où chaque objet est une relique. Pourtant elle ne connaissait rien de cette histoire. Salma étouffe dans la pièce que le concierge a pétrifiée comme l'avait fait son propre père. Elle ouvre la lucarne pour chasser l'odeur de renfermé et sentir l'air sur son visage. Sur la cheminée d'en face, deux choucas ont élu domicile et s'agitent, croassant devant l'intruse. Leurs yeux clairs égayent leur habit noir. C'est de cette lueur dont elle a besoin, de cette vie même criarde. En sanctifiant cette pièce, Gilbert a cru glorifier la vie et préserver le souvenir de cette famille mais c'est la mort qu'il honore par le silence du lieu, par ses objets inutilisés.

Pourtant même ici, de la vie il y en a eu ! Les petites bonnes ont sûrement fait l'amour dans les bras costauds de jeunes et beaux garçons. Et les trois enfants juifs ont continué leurs jeux, silencieusement, comme tous les enfants le font, même les jours de malheur. Ils savent avant les grands que la vie est à prendre tant qu'elle est là. En grandissant, ils l'oublient. Salma a envie d'écrire sur la vie pas sur ceux qui la tuent. C'est leur donner trop d'importance, colporter la terreur qu'ils répandent. Elle veut parler des gens qui subissent la folie de certains, qui font avec pour maintenir une vie de famille ou de voisinage. Ceux-là sont rarement écoutés, seulement interrogés sur la mort dont ils sont témoins. La solidarité, les petits riens du quotidien, toutes ces personnes qui continuent d'aimer, d'enfanter, de transmettre ne font pas vendre les journaux.

Si elle décroche la place dans ce grand journal, Salma se promet d'aller plus tard sur le terrain rencontrer ceux qui subissent la guerre. En pensant à son avenir Salma ouvre machinalement le tiroir, retrouve le brouillon de son écrit pour sa demande d'asile et le déchire rageusement sans le relire. C'est exactement cela qu'elle veut faire de sa vie, s'intéresser aux autres pour ne pas ressasser le passé.

Salma referme la porte, descend les étages et croise Huguette qui astique la rampe d'escalier, elle lui remet les clés.

— Au revoir Huguette, à bientôt.

— Oui avec plaisir. Vous avez repris votre feuille dans le tiroir ?

— Oui mais c'était un brouillon… Salma marque un silence… du passé, je l'ai déchiré.

Huguette sent que la visite n'a pas été un bon moment pour la jeune femme. Pour la forme elle se contente de lui répondre

— Le passé n'est pas toujours bon à conserver.

— Oui je préfère le mettre de côté sans l'oublier pour laisser un grand passage à la vie. *C'est ce qu'il faudrait faire pour cette chambre.* Salma tait cette pensée qui blesserait Huguette.

Juliette

Aujourd'hui à Minois, Juliette surprend sa mère dans le jardin, le nez en l'air, un panier à ses pieds, rempli des tomates qui ont profité des derniers bains de soleil. Elle semble observer le gros cerisier qui ombrage une partie du potager. Sa posture lui rappelle sa grand-mère qui reposait ses mains sur les étagères de ses hanches. En entendant le grincement du portillon, elle se retourne. Leurs premiers regards tremblent d'une émotion fugace. Très vite ce moment laisse place aux phrases routinières et rassurantes.

— Quel beau temps aujourd'hui ! Ton voyage en train s'est bien passé ?

— Oui, très bien. Hum ça sent bon, qu'est-ce que tu as cuisiné pour ce midi ?

— Un poulet avec de la ratatouille. D'ailleurs, il doit être largement cuit.

A table, Juliette savoure autant le repas que le visage de sa mère. Elle s'émeut de découvrir à chaque fois de nouveaux détails au cours de leur face à face silencieux : ses yeux gris clair dont l'un se ferme légèrement après l'autre à chaque battement de cils, sa peau restée lisse par endroits contourne des joues enchevêtrées de rides, ses adorables petites oreilles dessinent un colimaçon comme lorsque Juliette se penche en haut de son escalier parisien, l'ourlet est d'une finesse comme les tartes fines de sa grand-mère. Mais ce sont surtout ses mains qui l'émeuvent. Elles volent gracieusement vers une mèche rebelle qui retrouve sa liberté, échappée d'un chignon trop serré puis elles redescendent vers le bol, tournent la cuillère dans un mouvement en huit avant de verser la sauce sur son poulet.

La mort de Mamie a permis leurs retrouvailles. Une naissance arrive souvent après une mort. Juliette se dit que leur rapprochement est né de la disparition de sa grand-mère. Cette pensée n'est pas morbide, c'est un passage, un relais. Elle lâche la main de l'une pour se réchauffer à celle de l'autre.

A chaque visite, Juliette accouche un peu plus de sa mère. Les six premiers mois manqués de sa naissance se rejouent comme on relance les dés pour gagner une nouvelle partie, pas la même bien sûr.

De son côté, Gisèle a longtemps enfoui ce passage où elle se noyait dans le vide d'un grand lit, sans mari parti la semaine, sans bébé, élevé par sa propre mère. Pas d'énergie, pas d'intérêt pour les autres et surtout pour Juliette. Gisèle a revécu violemment ce moment le jour où elle s'est réconciliée avec sa mère. Elles ont parlé des premiers mois de Juliette. Ce douloureux souvenir l'a aveuglée de larmes comme la lumière à la sortie d'un tunnel, puis les mots tamisés de sa mère ont su l'apaiser pour redessiner un paysage de nouveau familier.

Gisèle se lève pour chercher le dessert et revient avec une magnifique tarte aux fraises. Elle demande à Juliette

— Je t'ai dit que le dernier locataire de la maison de Mamie est encore parti ? Trouver à chaque fois une nouvelle personne me fatigue, je devrais la vendre. Mais je sais que tu y es attachée.

— Non, plus maintenant. Sans Mamie, cette maison n'est plus la même pour moi.

— Je suis étonnée, je n'aurais jamais imaginée que tu dises cela un jour.

— Moi non plus, mais le temps nous ouvre les yeux, je ne suis pas attachée aux choses. Ce sont les êtres qui animent les lieux et les objets. Juliette saisit son assiette. Regarde cette assiette, sans ta tarte elle n'est rien, c'est grâce à toi qu'elle devient vivante, remplie de bonnes choses savoureuses.

Gisèle fixe sa fille d'un regard surpris

— Dis donc c'est au contact de ton amie écrivaine que tu deviens philosophe ?

Juliette se renfrogne, un peu vexée

— Non j'ai toujours eu ce genre de pensées mais je les gardais pour moi.

— Je t'ai contrariée ? Désolée ! On ne discute jamais de choses comme cela toutes les deux. Je te connais mal…

Juliette se sent troublée par les paroles de sa mère

— Alors viens me voir à Paris, tu ne veux jamais (C'est vrai que Juliette n'y tenait pas vraiment jusqu'à présent). Et puis moi aussi j'ai pleins de choses à te demander.

— Sur quoi par exemple ? répond Gisèle un peu inquiète.

— Sur papa, son accident. Ses mots sont hachés.

— Quoi son accident ! il s'est tué en voiture, ça tu le sais ? Alors… Le visage de sa mère s'est fermé et le ton est devenu tranchant.

Juliette insiste

— Oui mais à quel endroit, en allant où ?

— Juliette, une autre fois, aujourd'hui j'ai envie de profiter de cette belle journée. Le regard et la voix se font suppliants.

Juliette note que sa mère ne lui a pas dit « non » mais « plus tard ». Même sa grand-mère est toujours restée évasive sur ce drame. Juliette avait quinze ans. L'absence répétée de son père était devenue définitive.

Juliette préfère abandonner pour le moment ce sujet douloureux et propose d'un air enjoué.

— Bon, revenons à la maison de Mamie. S'il n'y a personne en ce moment j'irai bien y faire un tour avec toi en longeant la rivière.

— Tu vois qu'elle t'intéresse encore ?

Juliette ajoute avec un clin d'œil

— Je voudrai aller vérifier ma pensée philosophique !

Huguette Carreau

Le jeune homme fait la grimace mais sa mère l'ignore en multipliant les superlatifs sur le confort de cette petite chambre, son aspect coquet, sa vue poétique sur les toits, sa tranquillité pour étudier, et son prix très abordable.

— Hein Lucas, tu seras bien, là ?

Le garçon écrasé par le bavardage de sa mère hoche la tête sachant qu'il devra comme d'habitude vivre dans ses décisions.

Huguette repère ce langage muet, a envie de soutenir l'adolescent et décide de conclure la visite

— Vous pouvez prendre le temps de réfléchir puisque je n'ai pas déposé d'annonce.

— Mais c'est tout réfléchi, hein Lucas ?

Huguette intervient un peu trop vivement en ajoutant

— Je préfère que vous me rappeliez demain, il est toujours sage de ne pas se précipiter.

Puis elle les invite fermement à sortir de la pièce.

— Très bien, à demain au téléphone, réplique d'un air pincé la femme en fusillant son fils du regard.

Celui-ci nullement impressionné regarde une fraction de seconde Huguette qui attrape au vol une pointe de complicité dans ses pupilles.

Retournée dans sa loge, Huguette assise dans le grand fauteuil est satisfaite. Elle ferme les yeux, ressent la chaleur de Gilbert et retrouve la douce rugosité de ses mains dans la caresse du bois et du velours usé des accoudoirs. Lui aussi aimait les mômes, aurait souri du récit d'Huguette, ravi qu'elle « ait fermé son clapet à cette pintade ». Les mots de son mari lui manquent, son regard, sa poésie, oui sa poésie. S'il entend cette pensée il doit se moquer d'elle. « *Tu dis ça parce que tu rêverais de vivre avec un intello* ». Non justement c'est sa simplicité, son regard sur le monde « à la Marceau » qui le rendaient attachant. Il lui manque. Elle se love un peu plus dans le fauteuil. Déjà six mois.

Il y a une semaine une habitante de l'immeuble est venue la trouver pour savoir si elle ne louerait pas la chambre de bonne « à son neveu qui monte à Paris pour ses études ». Dans un premier temps Huguette a dit non puis le soir, des mots de Gilbert lâchés pendant son agonie lui sont revenus « *la chambre a assez dormi, ils ne reviendront plus ».* La concierge a réfléchi, a compris que son mari ne délirait pas mais au contraire l'autorisait à faire revivre ce logement. Elle avait aussi repensé à Salma, à sa visite, à ses mots « *je préfère mettre de côté le passé pour laisser un grand passage à la vie ».*

Alors elle a accepté l'idée de louer la chambre. Mais cette visite sous tension lui a déplu, Huguette veut lire du plaisir et de l'envie dans les yeux de celui ou celle qui choisira de vivre ici, surtout que Juliette a su l'aider à apporter une touche de gaieté en ajoutant des étagères colorées, une chaise pivotante, une vieille commode rajeunie avec sa lasure « bleue mer ». La nouvelle cabine de douche et les toilettes flambant neuf devraient être installés la semaine prochaine dans la chambre mitoyenne qu'elle vient d'acheter.

Dring… le téléphone d'Huguette brise le silence.

— Allo, je suis Lucas, celui qui vient de visiter votre studio. Le garçon parle à voix basse.

— Oui, se contente de dire Huguette très surprise

— Si ma mère vous appelle, vous dites qu'entretemps vous l'avez loué.

— Il ne vous plait pas ?

— Si mais j'aurais ma tante sur le dos dans l'immeuble… et elle est pire que ma mère…

— Bon je vais me débrouiller pour trouver une excuse. Huguette sourit. Au revoir

— Au revoir Madame et merci.

Huguette se dit que cet appel est un signe. Sans lui elle n'aurait pas osé refuser le logement. Dès demain elle déposera une annonce.

Juliette

Pendant que Salma apprivoise la maison et parfume la cuisine d'un plat-surprise, Juliette enfourche la mobylette pour rendre visite à cette Léontine croisée à l'enterrement.

Les premiers mètres sont périlleux. Le guidon trop sensible aux mouvements s'amuse à dessiner de grands zigzags avec les roues. Mais après quelques frayeurs, Juliette parvient à apaiser ce vieil animal pour profiter du parcours champêtre. La bonne odeur d'essence et d'huile chatouille ses souvenirs de petite fille grimpée sur le porte-bagages, les doigts enfoncés dans la chair moelleuse de sa grand-mère, la joue collée à sa hanche pour ne pas manquer une miette des aventures qui survenaient devant la roue. Parfois des cailles ou des perdreaux traversaient en groupe comme des écoliers pressés de rentrer chez eux. Ils surgissaient du talus, obligeaient l'engin à piler et plaquaient Juliette contre le dos massif de sa grand-mère qui pestait en patois.

Cette fois, pas de gibier venu perturber le trajet. Juliette a le temps d'apprécier le camaïeu vert des arbres et des herbes folles et l'odeur un peu écœurante des genêts ensoleillés. Trop vite à son goût, elle atteint déjà l'entrée du village, repère la fontaine qui rafraichit la place, confie sa pétrolette au gros platane et aborde le cafetier qui essuie une table.

— Bonjour Monsieur, je cherche la maison de Léontine.

Le bonhomme lève un sourcil interrogateur, qui signifie : « Tout le monde se connait ici, qui est donc cette étrangère ? »

— Je suis la fille de Gisèle Sarment, la petite fille de Germaine Dupuy.

A ce nom, le visage de l'homme s'éclaire

— Alors c'est vous Juliette ?

— Oui, s'étonne-t-elle, je vous ai déjà rencontré ?

— Non mais je vous ai vu à l'enterrement de la pauvre Germaine, je la connaissais bien ! Quand elle venait au village, elle s'arrêtait toujours au café. Vous étiez son sujet favori.

— Pour moi aussi elle comptait beaucoup. Juliette soupire.

— Alors comme ça, vous venez voir sa vieille copine ?

— Oui, aux obsèques elle m'a proposé de passer la voir et je n'ai jamais pris le temps.

— C'est la petite maison aux volets verts, avec les fleurs sur la fenêtre. Elle est là, je l'ai aperçue derrière ses carreaux.

— Ah merci, bonne journée.

Juliette s'approche de la maison, frappe à la vitre de la porte où bientôt apparait la figure de Léontine.

— Ah mais c'est Juliette ! Ça me fait vraiment plaisir. T'es bien la petite fille de Germaine, quand tu promets, c'est pour de vrai.

— Merci pour le compliment.

— Entre Juliette, entre, qu'est ce tu veux boire ? Léontine est toute excitée. Voyons il doit être onze heures, une boisson fraiche ?

— Oui avec plaisir.

Et toutes deux s'installent autour de la table de la cuisine sirotant une menthe à l'eau tout en échangeant des nouvelles de leur santé, famille et vie quotidienne. Après ce moment, Léontine se lève, fourgonne dans l'armoire et sort d'une boite de biscuits en fer blanc un paquet de photos enroulé d'un élastique.

— J'ai trié celles qui pouvaient t'intéresser, je savais que tu viendrais. Religieusement, elle tire chaque photo du tas comme on joue aux cartes et les place devant Juliette. Là tu vois on a huit ans, on joue devant ma maison et là c'est une photo de classe, on est un peu plus vieilles.

Juliette détaille les visages, les vêtements, peine à reconnaitre sa grand-mère.

— Vous vous tenez toujours par la main sur les photos, vous étiez de vraies copines !

Les joues couperosées de Léontine se colorent un peu plus. Elle redevient la petite fille qui promettait : on sera meilleures amies pour la vie. La vieille dame commente chaque portrait, le doigt pointé sur des détails. Les années défilent, l'école primaire, la communion avec le missel sur le cœur, les fiançailles de Mamie, quelle belle femme ! Et Papy, pas mal non plus. Juliette a oublié ses traits depuis sa mort. Puis leur photo de mariage. A ce moment Léontine hoche la tête, « juste avant la guerre… », mais n'ajoute rien. Juliette n'ose pas lui poser de questions.

L'heure tourne, les photos couvrent la table, Juliette s'inquiète pour Salma restée seule et ne sait comment interrompre le flot de souvenirs qui anime

Léontine. Alors elle pose une main réconfortante sur son bras, la remercie pour ce partage émouvant, agrémenté d'anecdotes parfois cocasses.

— Je reviendrai vous voir Léontine mais je dois y aller. Une amie m'attend dans la maison de Mamie. Je lui prête pour quelques temps, en dépannage.

Léontine ne pose pas de questions et embrasse tendrement Juliette.

— J'ai passé un bon moment. Et sur le pas de la porte, elle ajoute, tu sais pour ce que je t'ai dit à l'enterrement, sur Germaine qu'a pas toujours été heureuse, j'espère que ça t'a pas trop fait de souci.

— Un peu. Juliette se retient de lui dire ce que cette petite phrase a déclenché au plus profond d'elle.

— Ben c'est quand ta mère s'est fâchée et a quitté la maison, lui précise Léontine sur un ton confidentiel.

— Je suis au courant, Mamie m'a écrit une lettre pour me raconter.

— Bon ben alors, c'est mieux comme ça.

Léontine hoche la tête en ajoutant

— Tu sais la guerre, les morts sont à plaindre mais les survivants aussi. Allez, à bientôt ma petite fille.

— A bientôt Léontine

Salma

Par la fenêtre Salma aperçoit Juliette qui peste contre la mobylette qui ne démarre pas. Après deux essais une pétarade retentit et son amie s'empresse de partir visiter une amie de sa grand-mère, de peur de caler de nouveau.

Juliette et sa générosité… Encore une fois, elle a su trouver les arguments pour la convaincre de vivre à Minois dans la maison de sa mamie, en attendant de trouver un logement parisien. « *Tu seras au calme pour écrire tes articles, et puis tu n'es qu'à deux heures de Paris par le train, c'est juste en attendant que la maison soit vendue... une maison inoccupée ça s'abime* ».

Salma a dit oui, de toute façon son embauche trop récente au journal ne lui permet pas encore de trouver un logement et la promiscuité avec Rafi et sa famille n'est plus tenable. Salma a accepté à condition de régler un loyer et prendre en charge tous les frais.

Elles sont arrivées hier. La mère de Juliette les a accueillies, une femme charmante mais dont le regard perle de tristesse.

Tout en rinçant les aubergines, les courgettes et les carottes, Salma observe les petites roses pâles adossées au vieux mur du jardin. Leurs pétales serrés au cœur charnu lui rappellent les pâtisseries en pâte d'amande de son enfance. Hier en découvrant la maison elle a retrouvé la sensation d'être dans un lieu familier, apaisant. Pourtant ni la bâtisse, ni les objets ne lui évoquent un lieu connu. C'est plutôt une ambiance, Salma y est très sensible. C'est la première fois depuis son exil qu'elle ressent cette impression. Elle n'est plus chez les autres, elle est chez elle. Est-ce d'avoir retrouvé la campagne, de percevoir les chants des oiseaux, le bruissement de l'eau qui caresse les grosses pierres ? Elle sera bien pour écrire. La violence des évènements qui lui seront transmis par le journal fera contraste avec ce lieu paisible, quoique lui aussi a connu ses guerres, ses femmes amputées d'un mari, d'un frère ou d'un fils. Juliette lui a raconté l'histoire de cette femme tuée par les villageois, de ses grands-parents qui ne l'ont pas sauvée. Et elle Salma ? Qu'aurait elle fait si la femme d'un milicien était venu lui demander asile, lui aurait-elle ouvert ? Finalement la seule personne qu'elle a cherché à sauver, c'est elle-même. Juliette qui admire son engagement et son courage n'a rien à lui envier. Son amie a osé se dépasser pour aller la rechercher dans Paris. Elle l'a certainement sauvée d'une vie très précaire.

Aie, elle s'est coupée en épluchant l'ail ! Voilà ce que c'est d'être toujours dans des pensées lointaines. Elle sait qu'elle est trop dure avec elle-même. Ayoub le lui répétait souvent. Elle suce son doigt, regarde les légumes tranchés aux couleurs vives qui attendent que ses mains expertes subliment leurs saveurs. Elle attrape au fond de son sac les précieuses épices qu'elle a toujours conservées comme des reliques sans jamais oser les utiliser.

Après avoir fait revenir ses morceaux de poulet dans l'huile d'olive, elle jette les légumes dans la cocotte et les parsème délicatement d'épices. Leur parfum mêlé aux sucs fait trembler ses narines. Des larmes coulent silencieusement sur ses joues et se mêlent au doux mélange. Salma se sent heureuse et pleure sur ce bonheur retrouvé. Après avoir arrosé son plat de bouillon, elle le laisse mijoter sur la vieille cuisinière.

En vidant son sac pour prendre les épices, elle a retrouvé la lettre chiffonnée que Juliette lui avait remise. C'est le moment de la lire. Une idée lui vient, elle court à la grille du jardin, glisse la lettre marqué de son prénom dans le couvercle qui chapeaute la vieille boite aux lettres en bois, fait le tour de la maison et revient au même endroit.

Ce sera son premier courrier, chez elle. Elle glisse la main pour reprendre sa lettre et se cale sur les marches du perron pour la lire.

Ma chère Salma

Après ton départ j'ai compris pleins de choses. Vivre ce n'est pas rester sur place. Je ne parle pas de voyages, de changements de lieux mais de franchir les lignes que l'on trace pour se rassurer. Ces lignes deviennent très vite des murs qui nous empêchent de voir ce qui se passe ailleurs. Alors comme on ne peut pas voir, on imagine des choses monstrueuses, des ombres chinoises inquiétantes qui nous confortent de rester bien sagement sur place. En partant à Paris, j'ai cru m'affranchir de tout cela mais j'ai redessiné les mêmes tracés autour de moi en prenant soin de ne pas les dépasser. A force de piétiner ce pré carré, il n'y avait plus rien à savourer, plus de nouvelles plantes à découvrir, plus rien ne poussait dans ma vie. Mais je ne le percevais pas. Je croyais être heureuse... jusqu'à ta rencontre ou plutôt ton départ. En t'accueillant, j'ai sûrement voulu te faire monter sur un des éléments de mon manège pour te protéger, arrêter ta course vers l'inconnu, sans comprendre que je te coupais des autres. Puis retour dans ma petite vie quand tu es partie, illusion d'avoir avancé mais l'arrêt où je descendais était toujours celui où j'étais montée. Toi, tu as préféré retourner dans la foule qui entoure le manège, quitte à être bousculée mais ta quête de liberté valait bien ce nouveau départ pour choisir seule la place qui te conviendrait.

Alors j'ai sauté à mon tour du manège, ma grand-mère n'était plus là pour me regarder. Ça n'avait plus d'intérêt, les enfants puisent leur bonheur autant dans les sensations de vitesse que dans le regard de leurs parents témoins de leurs rires et de leurs frayeurs.

Mes premiers pas derrière la ligne ont été difficiles, casser les rituels, douloureux. Je me sentais nue, à la merci du premier fou qui passe... et j'en percevais partout... tous ces gens si éloignés de moi dans leur apparence, leurs attitudes. Ils étaient trop nombreux, trop inquiétants. Mais la folle c'était moi, amidonnée de principes, engluée de morale. Cette fois, il n'y avait personne à sauver que moi-même. C'est Madeleine qui m'a aidée. Elle m'a accompagnée dans tous les coins de Paris, ses quartiers chics ou populaires, ses musées, ses marchés, ses spectacles. J'ai découvert que la vie n'était pas seulement dans les lieux mis en lumière mais qu'elle pouvait être belle aussi dans l'ombre si on cessait de lire le monde avec la peur. J'ai compris que la vraie peur c'était autre chose, que je ne l'avais jamais croisée comme toi.

Alors j'ai réussi à regarder autour de moi, j'ai senti un changement, une ouverture, une nouvelle respiration, et j'ai trouvé mon souffle.

Merci Salma d'avoir croisé ma route, sans toi je n'aurais peut-être jamais osé franchir la ligne. Où que tu sois je te souhaite de trouver toi aussi ta place.

Amitiés,

Juliette

Salma sourit, respire à pleins poumons, ressent la tiédeur des vielles pierres qui soutiennent son dos. Elle guette le retour de son amie pour lui dire qu'elle aussi a trouvé enfin une place pour construire une deuxième vie, pour accueillir à son tour ceux qui ont tracé son chemin jusqu'à cet endroit : son frère, le premier, toujours là, débordant d'amour, parfois trop mais qui lui a sûrement permis de prendre des chemins différents, ses amis Irina et Mario, Léna qui a quitté « son vieux » pour Thomas le prof de français, Huguette et ses livres et plus tard peut-être Paul qu'elle a croisé au journal…

Epilogue

Après avoir franchi le sas où un policier a scanné son sac, Huguette arrive dans une cour, très surprise de se trouver directement devant le monument.

Le regard accroché à la longue liste des noms gravés dans la pierre, la vieille dame est perturbée par la rencontre trop soudaine de l'objet de sa visite. Elle s'était imaginée découvrir le lieu dans une atmosphère plus solennelle, au détour d'une allée, à la fois inquiète et impatiente de voir surgir ces murs dressés vers le ciel. Mais là, le va et vient de la porte qui s'ouvre et se ferme, le bavardage des personnes qui arrivent, les talons qui claquent dans le hall du mémorial[6], la perturbent. Qu'aurait pensé Gilbert qui avait toujours associé la chambre de bonne à un lieu silencieux, mais douillet comme un cocon ? Ici pas d'herbe, pas de plantes, pas de bancs, un seul arbre dénudé par novembre. Huguette ressent dans sa chair le dépouillement du lieu, sa froideur.

Heureusement le soutien de Salma et Juliette qui ont chacune glissé un bras sous le sien la réconforte et l'empêche de vaciller. Les deux jeunes femmes

---

[6] Mémorial de la Shoah à Paris

l'accompagnent vers un banc situé dans la cour qui jouxte l'endroit. Là, une grosse marmite en bronze cuivré trône au fond du parvis. D'un geste Huguette rassure ses accompagnatrices, se mouche pour chasser son trouble et observe cette grosse masse vert de gris. Alors elle remarque les noms inscrits autour du cylindre. De sa place elle peut lire Treblinka, Ghetto de Varsovie, et les premières lettres de ce qui doit être Auschwitz. Elle réalise qu'il s'agit des noms des ghettos et camps de concentration de la shoah.

Une guide commente le lieu à un groupe de lycéens et leur demande à quoi leur fait penser cette œuvre. Un garçon aux cheveux longs se lance et répond : une cheminée. La guide approuve, soulignant que l'artiste a souhaité immortaliser les atrocités perpétrées dans les camps de la mort.

Huguette a honte de n'avoir pas compris la symbolique et d'avoir confondu cette masse à une marmite. Aucun rapport, elle aurait dû réfléchir avant d'avoir cette idée. Cela lui rappelle quand elle avait trouvé son Gilbert en larmes portant la culpabilité de n'avoir pas ressenti dans sa chair les peurs vécues par les juifs cachés par son père. A l'époque elle n'avait pas compris le lourd chagrin de son homme. Après tout, il n'avait pas connu cette famille et avait scrupuleusement respecté le devoir de mémoire demandé par son père. Elle l'avait consolé, rassuré, lui disant qu'il était un homme généreux mais elle avait senti qu'il n'avait pas été totalement convaincu.

Aujourd'hui Huguette ressent ce même sentiment en confondant une marmite et une cheminée. Elle compatit pleinement aux atrocités subies par ces personnes mais elle sent qu'elle n'est pas marquée dans sa chair comme tous les parents ou amis des victimes de la shoah, génération après génération. Leur ADN porte la peur de leurs ancêtres et reste très sensible aux signes de rejet et de menaces qui resurgissent dans la gueule de la haine restée entrouverte.

Dans sa poche, Huguette triture le papier où sont inscrits les noms et prénoms de la grand-mère, de la mère et des trois enfants terrés dans la chambre de bonne. Elle a recopié scrupuleusement les dates de naissance gravées sur la poutre et prises en photo par Salma dix ans plus tôt. Seuls les prénoms des enfants suivis de leur date de naissance ont été immortalisés dans le bois.

Huguette redoute de les trouver sur « le mur des noms » mais se sent prête. A son tour elle glisse ses mains sous les bras de Salma et Juliette et leur fait signe d'y aller. Les deux jeunes femmes l'accompagnent vers le mur et restent silencieuses dans un partage solennel du moment présent. Un simple coup de fil pour leur dire qu'elle venait de voir aux informations le président Jacques Chirac et Simone Veil inaugurer « le mur des noms » et chacune avait compris le souhait d'Huguette avant même de l'avoir formulé. Dix ans s'étaient écoulés mais Salma et Juliette avaient gardé en mémoire « l'histoire de la famille juive dans la chambre de bonne ».

Les noms sont classés par ordre alphabétique, plusieurs plaques commencent par A. Les trois femmes se regardent un peu perdues n'osant pas déranger les personnes qui cherchent également une connaissance ou un parent. En haut de chaque liste une date est inscrite : 1941, 1942 ou 1943. Elles doivent correspondre aux années de déportation. Huguette sait seulement que la famille a quitté la chambre en juillet 1942. Dans le testament du père de Gilbert il n'est pas fait mention d'une rafle ou d'une arrestation. Huguette montre à Salma et Juliette le papier. Sous l'inscription 1942 elles commencent leur recherche. Juliette trouve la première le nom de la famille mais nombreux sont ceux qui le portent. Le doigt d'Huguette glisse sur les noms. La fraicheur de la pierre lui rappelle la tombe de ses parents. Elle comprend qu'elle effleure une immense pierre tombale dressée vers le ciel faute de pouvoir recouvrir la sépulture de tous ces gens. Finalement ce lieu lui apparait moins froid et l'agitation autour nécessaire, la vie est plus forte que tous ceux qui veulent la tuer.

Et soudain accolés les uns aux autres, les prénoms de Ruth, Annabelle, David, Gisèle et Rachel apparaissent. Pas besoin de vérifier les dates de naissance, ce sont eux, Huguette en est sûre, une telle coïncidence n'est pas possible, et puis au fond, elle l'a toujours su.

Les trois femmes se rapprochent, se serrent plus fort. Elles se regardent mais aucune n'a envie de parler ou de commenter la découverte. Elles ne continuent pas la visite du mémorial, sortent, retrouvent la cohue de la rue et marchent silencieusement vers la file de taxis garés à une centaine de mètres.

Huguette se dit qu'elle allumera ce soir une bougie dans la petite chambre de bonne qu'elle occupe désormais. Elle reviendra au mémorial pour demander des détails sur les circonstances de la déportation de la famille.

Salma caresse son ventre, pense à son enfant qui naitra au printemps et qui pourra vivre en paix grâce à la France qui l'a accueillie et protégée des barbares qui continuent à exterminer sa communauté. Comment cette même France, terre des droits de l'homme, a pu livrer des milliers d'hommes, de femmes et d'enfants aux monstres qui l'opprimaient pourtant ? Salma est consciente de sa chance et est pressée de rejoindre Paul son mari et son petit garçon Nabil.

Arrivées au taxi, Juliette et Huguette embrassent Salma et promettent de se voir la semaine prochaine à Minois où Salma vit désormais avec sa famille.

Juliette aide Huguette à monter dans le taxi. Elle l'accompagnera dans sa chambre, partagera certainement une soupe préparée ce matin pour la vieille dame puis redescendra dans la loge devenue désormais son appartement et son nouveau lieu de travail. Depuis cinq ans, Juliette est la nouvelle concierge de l'immeuble. Elle n'échangerait sa place pour aucune autre, elle aime sa vie simple, les petits bonheurs du quotidien, le passage incessant des habitants, leurs confidences, les soirées animées avec ses amis dont Madeleine redevenue sa meilleure amie et les visites rares mais intenses de sa mère.

La visite du mémorial l'a beaucoup touchée et renforce son idée du bonheur.

Remerciements

Un grand merci à tous ceux qui m'ont encouragée dans ce projet d'écriture, et surtout au soutien de mon homme et de nos deux filles Sarah et Jeanne.

A mes deux amies Hélène et Sabine, mes premières lectrices.

A l'autrice Claire Musiol et ses ateliers d'écriture de « La Luciole » qui ont suscité ce premier roman.

A Simon, mon cher neveu, pour son illustration.

Achevé d'imprimer chez SoBook le 05-11-2021

Linselles - France

N° impression : 734 121